講談社文庫

新装版

避暑地の猫

宮本 輝

講談社

目次

避暑地の猫

出発しようとしたとき雨が降って来た。鍋野医師は、もうじき七歳になる長女と五歳になったばかりの次女に、この雨が、一時間や二時間待ってもやむような雨ではないことを納得させるのに随分骨を折った。彼はふたりの幼い娘の手を引いて、わざわざ病院の横の道を歩いて行き、高原の方を指差した。

「ねっ、見えないだろう。あんなに黒い雲の中に、これからお父さんたちが行く家があるんだ。あんな真っ黒な雲の中で遊んだって面白くないだろう？　トンボも蝶々《ちょうちょ》もいないよ。家の中でしか遊べないよ」

それでも承知しない娘たちを、もうあきらめてバーベキューの道具とかテニスのラケットとかを車から降ろしている妻にまかせると、鍋野医師は病院が医師のために借りている何軒かの借家の建ち並ぶ路地を戻って行った。自分にあてがわれた家の鍵をあけて中に入ると電話のベルが鳴った。鍋野医師は顔をしかめ、舌打ちをした。どうせ急患か、担当している患者の誰かが、あっちが痛い、こっちが痛いとか訴えているのにきまっていたからである。

「まだ働かす気かよ」

電話に出るなり、彼はそう怒鳴った。

「交通事故なんです。意識ははっきりしてますが鼻血が止まらなくって」

と第二外科の婦長が言った。

「俺は今日から一週間休暇なんだぜ、石岡さんもいるだろう。加藤だって杉下だっているじゃないか」

「ええ……。でも鼻骨が折れて、血管も切れてるそうです。この手術は鍋野先生しか出来ないだろうって、石岡先生が仰《おつしや》言るもんですから」

「出血量は?」

婦長の言葉を聞くと、鍋野医師は登山家のような体を少し前かがみにし、歩いてほんの一、二分のところにある病院の裏門に向かった。彼は、きのうもおとといも、癌患者の手術の執刀をしていた。それも四人もの。そのうえ昨夜は床に入るとすぐに起こされ、腹部に重傷を負ってかつぎ込まれた少年の手術を行なった。少年は寺の境内で夜半に隠れて煙草を喫っていたのだが、住職に見つけられ慌てて逃げようとして竹やぶの中で転んだ。直径二センチ、長さ十八センチの竹の切り茎が少年のみぞおちを貫いたのである。手術が始まって四時間過ぎた頃、少年は死んだ。鍋野医師は手術室から出ると、待合所の長椅子に坐って泰然と腕組みをしている住職に言った。

「まるで、出刃包丁の柄を竹やぶの土に埋めといたようなもんですな。わざわざ刃の方を上にしてね」

「近ごろ、勝手に境内に忍び込んで、わるさをする連中が多いのでな」

そう応じ返した住職の胸を人差し指でこづきながら、

「いまの言葉は、あんたの命取りになるよ。竹を切って、うっかりそのままにしといたんじゃない。侵入者を殺《あや》めるために準備してあった凶器だってことを自分の口から喋ったんだからね」

と鍋野医師は、顔色のドス黒い禅寺の住職の、覚者ぶったいんちき臭い態度に対する怒りや、少年の命を救えなかった無念さの混じり合った心で言った。警官の質問に答える際、傷の状態、手術の経緯などと一緒に、彼は住職の言葉をもつけ加えた。それで、鍋野医師は昨夜は一睡も出来なかったのである。

切れた鼻の血管を吻合《ふんごう》する手術は二時間近くかかった。それは極めて微妙な指先の技術を要したので、鍋野医師は手術衣を脱いで煙草を一服喫ったとき、芯から疲れきって、軽い眩暈《めまい》に襲われた。ナース室の時計は昼の一時をさしていた。

「恨みの雨だよ」

彼は婦長に言った。

「でも、いまの患者さんには恵みの雨でしたね」

婦長の笑顔は、まだ三十二歳の鍋野医師に充足と活力をもたらした。彼は立ちあがり、こうなったらついでだ、患者に声でもかけて帰るか……。そう胸の内で呟《つぶや》いて、自分の担当している患者のいる病室へ足を向けた。各大部屋に臥《ふ》した九人の患者の容態を診てから、最期のひとりである久保修平の病室をのぞいた。久保修平は、この佐久市の病院の近くにある大きな本屋の店員だった。鍋野医師とおない歳だったが独身で、どこかのスナックで酔っぱらいに絡《から》まれ、みぞおちを殴られた。失神して救急車で運ばれて来たので、鍋野医師は初めたかをくくって触診だけで済まし、強心剤を注射しておいた。ところが次第に血圧が低下し、それとともに腹部が少し膨脹し始めたのである。鍋野医師は殴られた部位が胃であることを考え、おそらく膵臓破裂に違いないと判断し、緊急手術に踏み切った。彼の判断がもう二十分ばかり遅れていたら、久保修平は命をおとすところだったのである。

「もういつでも退院出来るよ」

　どうせ、はいとか、ええとかの返事しか返ってこないだろうと思いつつそう言った。四ヵ月間の入院生活で、久保修平は、鍋野医師の冗談や世間話に何ひとつ応じたためしはなかったのだった。それは鍋野医師にだけでなく、他の当直医や看護婦に対しても同じだった。看護婦の中には、なんだか気味が悪いわと恐がる者もいたし、あんな無愛想な患者は滅多にいないわね、怪我が治ったら精神科に廻した方がいいんじゃないかしらと本気で腹を立てる者もいた。久保修平に瀕死の傷を負わせたのは、この浅間山に近い長野県の小都市の県会議員の息子だった。その息子は当然傷害罪で書類送検されたが、自分にも落度があった、それゆえどうか寛大な措置をはからってくれるようにと願い出た久保修平のお陰で、不起訴処分となった。すでに両親と死別し、農家の二階に間借りして本屋で働いている久保修平が、四ヵ月も一日六千円の個室で療養出来たのは、加害者の父のたっての申し出があったからだった。それが加害者の父としての謝罪と感謝の気持だけではなく、県会議員という立場と体面から出たものであることを鍋野医師は知っていた。

「医者って仕事も大変ですねェ」

　ドアを閉めかけて、鍋野医師は驚いて久保修平を見た。久保修平が話しかけてきたのは初めてだったのである。

「どうして？」

「だって、きのうは徹夜でしょう？　やっときょうから夏休みで、軽井沢で休暇だってのに、また急患で手術。よっぽど体力がなきゃあ、勤まらないなァって思ってたんです」

鍋野医師は我知らず久保修平のベッドに近づき、椅子に腰を降ろした。彼は、ここ二、三日で急速に血色が良くなってきた久保修平に微笑みかけて言った。

「医者も長くやってると、こんなこともあるよ」

「あのペルシャ猫、奥さんが好きなんですか？」

どうして自分の家にペルシャ猫のいることを知っているのだろう。鍋野医師はそう思うと同時に、なぜきょう軽井沢へ行こうとしていたことも知っているのかと不審に思い、その理由を訊《き》いた。

「この窓から見えるんですよ、先生の車が。トランクにテニスのラケットを入れてたから、ああ、軽井沢へ行くのかって。それに、奥さんがペルシャ猫を抱いて助手席に乗ったから……」

「猫は家内が好きでね。俺はあんまり好きじゃない。しっぽを振らないからね。それに、軽井沢行きも、この雨でおじゃんだ」

「雨の軽井沢もいいですよ。本通りの人混みは、新宿よりもひどいけど……。別荘持ってるんですか？」

「いや。貸し別荘を安く貸してもらったんだ」

すると突然、久保修平は、

「きょうは八月十八日ですね。きのうは八月十七日でしたよね。間違いないですよね」

と言った。

「ああ、そうだよ。八月十七日のあくる日が八月十九日にはならんからなァ」

「俺、軽井沢で生まれて育ったんです」

鍋野医師は眉根を寄せて、久保修平の目を見つめた。看護婦の言うとおり、精神科に廻さなければならないのだろうかと思った。久保修平の口をついて出る言葉はきれぎれで一貫性がなかったのである。久保修平は煙草を喫いたいと言った。

「もう喫ってもいいんでしょう？」

「いいよ」

鍋野医師は自分の煙草を一本差し出し、火をつけてやった。長い時間をかけて、久保修平は煙草を味わっていた。それから、大きな溜息をつき、意味不明の笑みを天井に注いでから言った。

「ちょっと長くなるかもしれないけど、俺の話、聞いてくれませんか」

本当は迷惑だった。鍋野医師は家に帰って、ビールでも飲んで眠りたかった。けれども彼が久保修平の話を少し聞いてみる気になったのは、それによって、久保修平を精神科に廻すべきかどうかを判断しようと考えたからである。途中、看護婦が検温に来たときと、早い夕食が配られて来たときだけ、久保は口をつぐんだ。彼が話し終えたのは消灯時間の九時を過ぎ、十時になろうとするころであった。鍋野医師は、初めのうち熱心に医者として聞き耳をたて、やがてひとりの人間として、久保修平の嘘か誠か判別しかねる、告白でもなく懺悔でもなく、ある種の郷愁に包まれた回想でもない、不思議なひと夏の出来事に、時を忘れ空腹さえも感じず、一心に耳を傾けた。

鍋野医師は家に帰ると、妻にすぐ出発の用意をするよう言った。

「どこへ？」

「軽井沢へ行くんだよ」

「子供たち、もう寝ちゃったわ」

「起こせよ」

「どうしたの？　あしたでもいいじゃないの」

「行きたくなったんだよ。もうへとへとだ。休みたいんだ。森の空気を吸いたい」

いったん降ろした荷物を自分で積み込み、鍋野医師は運転席に坐って妻と娘たちが来るのを待った。寝呆《ねぼ》けまなこの娘たちが後の坐席に坐り、助手席に妻が坐ると、鍋野医師は、いっそう烈しくなってきた雨の中を、軽井沢に向けて進んだ。追分《おいわけ》のあたりから霧が深くなった。何度も、妻にわけを訊かれたが、鍋野医師は、

「雨の軽井沢もいいもんだよ」

と繰り返すばかりだった。彼は、久保修平の長い長い独白を、自分の心に生涯しまっておこうと決めた。彼は妻の膝の上にいるペルシャ猫の頭をそっと撫《な》でた。久保修平は、鍋野医師に、次のような話を語って聞かせたのである。

1

布施家の別荘の敷地は三千四百坪あった。父があちこちから丸い石を集めて来て、まるで積木遊びを楽しむようにして造りあげた高い門柱と、真鍮製の特別誂《あつら》えの門扉には、苔と蔦が絡み合い、隣接する名だたる財界人や政界人の別荘と較べてもひけをとらないばかりか、その門の風情は、ずっと奥の、白樺の樹林越しに見える屋敷に、一種神秘的なたたずまいを与えるほどだった。ぼくは、その布施家の敷地の隅にある小さな木造の家で生まれた。ぼくの両親は布施家の別荘番として雇われ、昭和二十六年の春に、佐久市からその家に移ったのだった。両親が、布施家の別荘番に雇ってもらえることが決まったとき、ぼくは母の腹の中にいた。ぼくには二歳歳上の姉がいて、家というより小屋と呼んだほうがいいような別荘番用の住まいに引っ越した日、両親は布施家に戦前からずっとつかえている初老の秘書に、これ以上子供は作ってはならぬと命じられたそうだ。ご主人の布施金次郎さまも、奥さまの美貴子さまも、別荘にお越しになるのは、心安らかにお過ごしになりたいためだから、赤ん坊の泣き声をことのほかお嫌いになる。秘書は事務的な口調で、臨月の母にそう説明したという。でも、ぼくはその秘書の顔は覚えていない。秘書はぼくが三歳のころに死んだ。そして、布施家の広大な別荘の片隅で生まれ育ったぼくの記憶は、四歳の夏から始まっている。それが間違いなく四歳であった証拠は、その年に父が自分の手で門柱を造り、まとわりついて遊んでいたぼくが、丸い石を父に運ぼうとして足に落として泣いた思い出をはっきり覚えているからである。石と石をくっつけるセメントに、父は釘で日付けを刻んだ。昭和三十年七月五日と。

布施夫妻と二人の娘は、毎年、七月十五日にやって来、八月二十八日に、夫人と娘たちだけが東京の自宅へ帰って行った。布施金次郎はそのまま九月の末まで居残って、三日も四日も屋敷にとじこもっていたかと思うと、突然自転車に乗って、避暑客の去った軽井沢の、ひそやかな森の中にあてもなく出掛けて行くのだった。

ぼくが小学校にあがった年、初めて両親はぼくを屋敷の中に入れてくれた。あと四、五日で、夫妻と娘たちが別荘にやって来るという日だった。部屋中の窓をあけ、蒲団《ふとん》や枕を干し、ベッドカバーやシーツをもう一度念入りに洗い、廊下も階段も手すりも磨きあげて、主人を迎えるための最後の仕上げを手伝わされたのである。冬でも、晴れた日は必ず窓をあけ、寝具も週に一度必ず洗濯していたが、少しでも屋敷の中に黴《かび》の匂いや湿気が漂っていたりしようものなら、父と母は夫人に呼びつけられ、仕事の手抜きをするのなら、きょうにでも辞《や》めてもらいたい、人手は幾らでもあるのだからと、ねちねち叱責されるのであった。

ぼくと姉の美保は、父に、階段や手すりや廊下を磨くよう言われた。姉は廊下を磨き、ぼくは階段と手すりを担当した。力を入れ、一所懸命に磨きながら、ぼくは一段一段階段をのぼって行った。十二段を磨き終えて、二階の大窓の下でひと休みした。魚の大きな鱗状の模様に塗られた漆喰《しっくい》壁が左右につづいていた。東側の端が主人の書斎で、その手前の部屋が夫妻の寝室だった。階段をはさんで西側に娘たちの部屋があり、もうひとつ、誰も使っていない部屋が廊下の端に設けられていた。どの部屋にも勝手に入ってはいけないと父に言われていたが、ぼくはそっと廊下を這って行き、主人の書斎を四つん這いの格好で覗《のぞ》き込んだ。がっしりした机と肘《ひじ》掛け椅子、それに象の頭ほどあろうかと思える地球儀が目に入った。けれどもどの部屋も、ぼくは覗きこむだけで、中には入らなかった。父に叱られるのが恐かったのではなく、夫妻の寝室も娘たちの部屋も、何かしら不気味な暗さが、そのぼくの一度も見たこともない美しい花柄のカーテンとかベッドカバーとかランプシェードに彩られた、贅を凝《こ》らしたインテリアにまとわりついているのを感じたからだった。

布施夫妻と娘たち、そしてコックと女中が、軽井沢駅から二台の車に分乗して別荘に到着した。ぼくは、それも父が春に二週間もかけて造った焼却炉のうしろに隠れて、白樺の樹の間越しに、夫妻と二人の娘を見つめた。その四人を出迎えて、卑屈なまでに何度もお辞儀をしている父と、可哀相なくらいおどおどと作り笑いを振りまいている母とを見つめた。布施金次郎は父よりも相当歳上に見えたが、夫人は母とはそんなに歳の開きはなさそうだった。そしてぼくは、夫人よりも、母の方がずっときれいであることを知った。子供は、自分の母を美しいと思うものだが、そういう自然なひいき目ではなく、確かに母は夫人よりもはるかに美しかったのである。ぼくはその夜、いつになく母の体にさわりたがって、姉にからかわれたが、母は苦笑しながらぼくの頭や顔を撫でたり、抱きしめてくれたりした。断片的な思い出でしかないが、そのときの母の愛撫は、妙に性的であったような気がする。そのとき、父は三十六歳で、母は三十歳だった。

ぼくと姉はときおり、小屋のガラス窓から、芝生の上で遊んだり、椎《しい》や松や樅《もみ》の木の林の中で口げんかしあっている布施家の姉妹を盗み見たものだ。姉妹は、ぼくたち姉弟と歳が同じだった。ぼくたちは、布施家の姉妹が庭で遊んでいるときは決して自分の住まいから出て行かなかった。戸外で遊びたくなると、隣の別荘との境界線代わりに植えられた丈高い杉の並木を縫《ぬ》って、焼却炉のうしろに廻り、布施家の門から二百メートルばかり離れたところにある樅の木の下をくぐって小径《こみち》に出た。そして三笠通りから軽井沢の本通りを下り、万平ホテルの近くを走り廻り、外国人の若い男女がテニスウェアで行き過ぎるのをぼんやり見やったり、テニスコートのフェンス越しに、ゲームを観戦したりして時間をつぶした。ときには、歩いて中軽井沢の駅まで行き、その近くを流れている川のほとりで、日が暮れるまで遊びつづけることもあった。裕福な姉妹に対する羨望と嫉妬だけでなく、夫人や、東京から従《つ》いて来た女中が、何かにつけて母をいじめるのを、ぼくも姉も目にしたくなかったのだと思う。確かに、夫人の、母への態度は異常なほどだった。まるで自分の別荘から、なんとかしてぼくたち一家を追い出そうとしているようだった。しかし、佐久にあったわずかな田畑を売り払い、布施家の別荘番に雇われた父と母には、帰るところがなかった。父は昭和十八年に召集令状を受け取り、中国の山西省に連れて行かれた。小さな戦闘の際、膝に銃弾を受け、広島の陸軍病院に送還された。傷がなおっても、左膝は曲がらなくなっていた。だから、父は先祖伝来の田畑を二束三文で手放すしかなかった。もはや百姓仕事など出来ない体になってしまったからだった。そんな父にとって、布施家の広大な芝生を刈るのは辛い作業だった。抜いても抜いても生えてくる雑草をつみ取るのも、人より倍以上の時間を要した。だが父は手先が器用で、ドアのノブがこわれたり、水洗便所の器具が故障したりすると、わざわざ業者を呼ぶよりも、父が簡単に修理してしまうので重宝がられた。夫人はネックレスの留め金がこわれると父を呼び、階段の手すりのひとつがゆるむと父を呼んだ。そしてそのたびに、母がどんなにのろまで気のつかない女かを、微に入り細を穿《うが》ち語って聞かせたという。

「お客さまにもいろんな種類があるのよ。お迎えに出る私の表情で、このお客には特別丁重にとか、この客にはお茶だけでいいとか、もうそろそろそのへんの呼吸をのみこんでほしいものね。それにあの片えくぼ……。酒場の女給ならそれもお金になるでしょうけど、品がないったらありゃしない。愛想笑いはしないでちょうだいって言っといて」

夫人の言葉を、父は母に伝えなかった。随分あとになって、ぼくはそれを父から聞いたのである。ぼくと姉は、夏の夜、母が泣いているのを、蒲団の中で息をひそめて聞き入ったことがしょっちゅうあった。どんな貧乏をしたっていい、佐久へ帰りたいと、父に駄々をこねる声も聞いた。だからぼくたちは、いっときも早く秋の訪れを待ち望み、ときには零下十六、七度にもなる軽井沢の冬に温かいのびやかさを得た。遅い春が、いつまでもつづいてくれるよう願った。母は別荘の一角に菜園を作り、大根、人参、キャベツ、ナスビなどを育てて、布施家の食卓に並べるようになった。母は野菜作りが上手だった。母としては、自分の得手を生かして、布施家の人々に喜んでもらおうとしたのだが、それすら夫人の悪質な揶揄《やゆ》の対象となった。

「一番出来のいいのは、先に自分の子供に食べさせてるんじゃないの?」

とか、

「私たちが、おいしい、おいしいって食べるからといっても、これ以上畑を広げたりしないでね。せっかくのお庭が興ざめになるわ。布施家の別荘の格が落ちちゃうし」

とかを、八の字になった眉根に縦皺を寄せて言うのだった。

姉が中学生になった年の夏、皇室の人がテニスを楽しんでいるのを、樹に凭《もた》れて眺めているぼくを誰かが呼んだ。テニスコートの真向かいにある喫茶店から布施金次郎が手招きしていた。ぼくは、当主である布施金次郎とはかつて一度も言葉を交《か》わしたことはなかった。庭を散歩している彼の横顔とか、客を出迎えるために夫人と一緒に門のところに立っているうしろ姿とかを、遠くから盗み見るだけだった。

「坊や、おいで」

と呼ばれて、ぼくは驚いてあとずさりした。

「苺《いちご》ミルクをごちそうしてあげよう」

その年は、下の娘が病気をわずらったとかで、布施金次郎と姉娘の恭子だけが別荘生活をおくっていた。もし夫人が一緒だったら、ぼくはどんなに誘われても、喫茶店には入らなかったと思う。窓際のテーブルに、父娘は坐っていた。ぼくは布施家の娘たちとも言葉を交わしたことはなかったが、ぼくとおない歳の妹よりも姉娘に好感を抱いていた。二歳年長なのに、勝気な妹にいつもやりこめられ、べそをかいているさまを、しばしば目にしていた。姉娘の恭子は父親似で、そのどことなく舌足らずな喋り方に、心根の優しさが感じられたのだ。

布施金次郎は苺ミルクを註文してくれ、

「私たちが別荘に来る前に、廊下や階段を君が磨いてくれるそうだね」

と言った。ぼくは落ち着きなく、目をきょろきょろさせながら黙って頷いた。布施金次郎は娘の恭子に言った。

「ことしは志津がいないから、遊び相手が欲しいだろう。修吉くんや、彼のお姉さんと遊んだらいい」

「あのう、ぼくは修平です」

すると布施金次郎は、ああ、そうと呟《つぶや》き、

「私はもう何年も、君の名前を修吉だとばかり思ってたよ。そうか、修平くんか」

そう言って笑った。

「お姉さんは何てお名前?」

恭子がぼくに訊いた。まだ中学一年生なのに、外国製の腕時計をはめ、おもちゃではない本物の指輪をしていた。それはよく似合って、不自然さをまったく感じさせなかった。

「美保……です」

「お父さま、私、お友だちになれるかしら」

「待ってないで、自分からお友だちになろうとしなさい。お前はいつも待ってるからね」

恭子はストローを包んである紙を破ってくれ、わざわざ苺ミルクの入った容器に突き差して、

「どうぞ、召しあがれ」

とぼくに微笑んだ。ぼくは苺ミルクを飲み終えると、姉を連れて来てやろうと思いついた。あのいじわるな夫人も妹もことしは来ないのだ。その思いがぼくの心を楽しくさせていたのだった。ぼくは布施金次郎に言った。

「いま、姉ちゃんを呼んで来ます」

そして、喫茶店を出ると駈《か》けだした。旧三笠ホテルの手前の小径を折れて、布施家の別荘に走った。姉は最初いやがったが、

「苺ミルク、うまいぞォ」

とぼくが言うと、少し心を動かしたようだった。

「母ちゃんみたいに、いじめられんかな？」

「優しいよ。いじめたりしないと思うよ」

「どうしてそう思うの」

「だって、……優しかったもん」

姉は不安気な面持ちで従《つ》いて来た。姉と布施恭子は、向かい合って坐ったまま、どちらもいっこうに口を開こうとしなかった。布施恭子は助け舟を出してもらいたそうに、父親の目を何度も見つめた。布施金次郎はその豊かな頬をゆるませ、

「歳も同じだから、いい遊び相手になれそうだね」

と娘に言って、きっかけを作ってやった。

「美保さんは、追分の方に行ったことはおあり？」

恭子が姉に初めて話しかけた瞬間の表情を、ぼくはいまでも忘れることは出来な

い。それは何年かのちの、霧深い森の中で、ぼくに注いだ表情とまったく同じだったから。

恭子とぼくと姉の三人は、昼過ぎに自転車で追分に向かった。恭子は、毎年夏を軽井沢で過ごすというのに、追分にだけ行ったことがなかったのである。ぼくたちは樹林に囲まれた道をゆっくり進んだ。地図にも載《の》っていない小径を行き、大きな川のほとりで一服した。そこから少し先の村を抜けると、信濃追分の駅に出るのだった。川辺の岩に腰を降ろし、涼風で汗を鎮《しず》めた。そのうち恭子がぽつんと言った。

「私、ずっと軽井沢に住みたいわ。おとなになっても」

ぼくと姉は、軽井沢の冬の寒さを、しどろもどろに説明した。

「私、寒いのは平気なの。このあいだ、お母さまにそう言ったら、叱られちゃった。私は高校を卒業したらイギリスの大学に留学するんですって。そのための準備をもう始めてるらしいの。でも私、東京が嫌《きら》いなの」

姉が、

「志津さんは何の病気にかかったんですか？」

と訊いた。恭子は、自分が言ったということは内緒にしておいてほしいと念を押し、掌で胸を押さえた。

「結核なの。小さいときに一度かかったことがあるの。去年の暮、再発して、ずっと入院してるのよ」

追分から佐久へ通じる旧中仙道のどこかに、結核の療養所があった。姉が恭子にそれを教えた。恭子は、

「お父さまも、その療養所に入れたほうがいいって仰言《おつしや》ったけど、お母さまが大反対したの。そんないなかの医者なんか信用出来ないって」

と答えた。

姉と恭子はその日一日で意気投合し、ひと夏を一緒に遊んだ。たまにぼくを誘ってくれることもあったが、それはどこかにサイクリングに行くときだけだった。ぼくは、軽井沢の隅から隅までを知っていて、いわば道案内人の役に使われたわけである。姉の小さな勉強机の上には、恭子から貰《もら》ったレースの敷物とか、外国製の精巧な人形とかが並ぶようになった。そしてその年、布施金次郎はなぜかしばしばぼくを自分の書斎に呼んだ。

「君のお姉さんはお母さんそっくりだね」

ただそれだけ言って、さがるよう手で促《うなが》す日もあれば、

「私は男の子が欲しくてね。ところが家内はもう子供は産みたくないという。断固た

る口調で拒否する」

ひとり語りに、延々と喋りつづける日もあった。

「私は外交官になりたくて、イギリスの大学で学んだ。父の事業は兄が継ぐことになってたから、父も賛成してくれた。ところが、留学中に兄が死んだ。どうしても帰らないという私を、父はイギリスまで迎えに来た。そういう運命だったんだろうね。戦争が始まって、帰らざるを得なくなった」

「私には商才はなかった。父は亡くなるし、事業は傾くし、それで好きな女がいたが、いまの家内と結婚した。家内は森財閥の娘だったから、私は自分の会社の千二百人もの社員を救うために、森財閥とつながりを持つしか手だてがなかったんだ」

どうして布施金次郎が、当時まだ十一歳でしかなかったぼくを相手に、そんな話をしたのかは判らない。けれども、布施金次郎は、あるとき青年時代の外国生活を感慨深そうに話し、あるときは機嫌良く自分の感銘した小説のあらすじを語ったりした。そして一方的に喋り終えると、まるで蠅でも追い払うように、ぼくを書斎から出て行かせるのである。

その布施金次郎の話は、ぼくには結構楽しかった。理解の及ばない部分の方が多かったが、ぼくは彼の言葉から、行ったこともないヨーロッパの街並を連想したり、おとなが読む小説の、ある種の蠱惑《こわく》性を子供心にも感じて、なんとなくときめくのであった。布施金次郎は、その年、ぼくたち一家の住む一間きりの小屋を増築してくれた。子供たちも大きくなってきたので、一部屋だけでは不都合だろう。そう父に言ったという。

翌年は、夫人と、まだ完全に治癒していない妹も軽井沢にやって来て、姉は恭子と遊ぶ機会を喪《うしな》い、ぼくも布施金次郎の書斎に呼ばれたことはなかった。夫人の、母に対する一種異常ないじめ方は、いっそうその度を増した。父は一計を案じ、母が健康を害したという嘘をついて、出来るだけ夫人と接触しないようにしてやった。だが、健康を害したということも、夫人の小言の材料となった。気はきかない、体も弱いときたら、役にはたたないじゃないの……。あからさまに、この別荘から出て行けという含みを持つ言葉を父に投げつけるのである。

「俺は、申し訳ありません、少し養生させたら、また元気になりますのでって、頭ばっかり下げてたよ」

父がそう教えてくれたのは、ぼくが十七歳になったばかりの、もうまもなく夫妻と娘たちが別荘にやって来るという日だった。ぼくたち一家が布施家の別荘番として軽井沢に住みつき、十五年前のあの夏を迎えるまでの十七年間に、どんな事件が父と母を巻きこんでいたかも、ぼくはその年、知ることとなった。

2

それにしても、貧しい人間たちにとっての軽井沢という町はいったい何であったろう。一年のうちのほんの一、二ヵ月滞在し、町を、在の人々を、蹂躪《じゅうりん》し、かつ潤わせる裕福なよそ者の群れが播《ま》き散らすゴミは、おそらく彼等が去ってしまってからも、森や小径に気体化してとどまっていた筈である。その富める者たちの臭素は、来年また必ず夏が巡って来るという自然の法則に覆われて、決して蒸発することはないのだった。在の、貧しい人々の心はゴミ箱のようなものだった。金持ち連中の残していったゴミは、心の中にたまって、憎悪や羨望や虚無や欲望を、それぞれがあるときはつのらせたり、あるときはしぼませたりしながら、元の単調な生活に戻るのだ。道を歩いていて、突然横から高級車が走り出て来、危うくはねられそうになった。運転していた若い女は、俺を睨みつけるために車を停めた。そして何も言わず落葉を巻きあげて行ってしまった。ある人は、そのことをもう七年も八年も心の中から消せずにいた。道を訊かれたのよ。でも、そこはちょっと口では説明しにくい場所だったから、私は案内してあげた。十五分ほど歩いたかな。そしたらその人は私の手に一万円札を握らせたの。私は要らないって断わった。そんなつもりはなかったから。私とおない歳くらいの女よ。三十五、六かな。凄いダイヤの指輪をして、つばの広い帽子をかぶってた。いいところの奥さまみたいに見せようとしてたけど、どうつくろったって妾に違いなかったわ。乞食にくれてやるって顔だったけど、私、突き返せなかった。ありがたかったわねェ。あのときの一万円は……。そう言って笑うたびに、信濃追分駅近くの村に住む大工の女房は浅黒い顔の中の小粒な目を吊りあげるのだった。そんな例をあげたらきりがないだろう。そして在の人々は、殆どが金持ちの播き散らしていくゴミによって、生活の糧を得ていたのだ。だがよく考えてみれば、在の人々こそ、よそ者だった。なぜなら、軽井沢は、もともと何もないところで、外国人が格好の避暑地として造りあげ、そこに日本人の金持ちたちが混じって、特異な町を生みだしたのである。だから、たったのひと夏をすごす連中は、じつは町のれっきとした住人で、年中住んでいる人間の方が、それら金満家を頼って、緑深い高原に棲家を定めた流人みたいな存在だと言えた。まさにぼくたち一家がそうであったように。

ぼくは、布施家の人々が滞在している期間は心穏かでなかったが、それ以外の日々の軽井沢の町に、幾つかの秘密の楽しみをみつけだすようになった。夫人と姉妹が帰京する日が近づいてくると、軽井沢ではもうそろそろコスモスの花の色があせ始める。八月の半ばごろから、空にはいわし雲が流れ、ススキの穂が重く垂れて風にそよぐ。そのひと月後には、朝霧が道行く人の頭上すれすれにたちこめ、落葉を腐らせ、腐った落葉の上に新しい落葉が積み重なるのだった。ほんのひととき、木洩《こも》れ陽《び》を浴びた落葉が、まだかすかに沈んでいる朝霧の下で、あたかも金箔をほどこされた細工物みたいに光る日が来ると、それは冬の到来のしるしだった。リスたちの、枝から枝への行き来や、巣から地面への昇り降りがせわしげになるのもそのころだった。ぼくは春の訪れよりも、秋の終わりの方が好きだった。なぜなら、ぼくは多くの昆虫たちの巣を知っていて、あの小川を渡って三本目の木の下にはカブト虫の幼虫がたくさん丸まっているとか、中軽井沢に通じる小さな橋の下に、源氏蛍の卵が産みつけられてあるとかを確かめ、色鉛筆を使い分けて作った地図のあちこちに、×印を入れて行く。その地図はどっちが西か東か判らないようにしてあったうえに、ぼくの考案した暗号の絵や線で描いてあったので、他の者が見ても、いったいそれが何であるのかさえ判らないのだった。その地図を作ったのは中学一年のときだった。最初はノート一枚の大きさだったのだが、やがてぼくの行動範囲が広がるにつれて、もう一枚もう一枚と糊づけされて大きくなっていった。中学三年生の秋になると、それは畳二枚分の大きさになった。そこには、昆虫の巣だけでなく、たとえばS家の別荘からM家の別荘へ行く近道とか、布施家と親交の深い友人の別荘への近道とかがつけ加えられた。それは道伝いに行けば十五分、あるいは三十分もかかるのだが、森を横切り、よその別荘の中を這って行くと、わずか四分か五分で辿り着くといった、ぼくだけが発見した道と言うよりも進路と言うべきものだった。ぼくは自分が発見した他の別荘とか池とか橋とかへの近道を、一匹の蛇で表現した。畳二枚分の地図には、色や模様の異なった何十匹もの蛇がもつれ合っていた。別荘は蜘蛛に、川はムカデに、池はセミに、森はカブト虫に、商店や喫茶店はテントウ虫に、といった具合だった。たいした理由があったわけではない。子供っぽいいたずら心が半分と、そしてたぶん、ぼくの中を巡り始めた性的欲望による一種自閉的歓びとの成せるしわざだったと思う。だが、ありとあらゆる色合いの昆虫や動物で埋め尽くされたその大きな地図は、なんとおぞましい一幅の曼陀羅《まんだら》絵を構築していたことだろう。

中学校にあがったぼくに、父は布施家の別荘の階段や廊下磨きだけでなく、すべての部屋の掃除を手伝わせるようになった。軽井沢に遅い初夏の訪れたある日、ぼくたちは別荘の中に入り、窓という窓をすべてあけた。野鳥のさえずりと樹の匂いが、別荘内の澱んだ空気を追い払った。母は布施家の人々の衣類を簞笥から出して風を通す作業を始め、姉は、姉妹のベッドカバーを庭に運んで日光に当てた。父は布施金次郎の部屋に行き、乾いた布で巨大な地球儀の埃をぬぐっていた。ぼくは広い居間にある暖炉用の薪を運び入れたあと、台所の拭き掃除にかかった。台所の横に納戸があった。ぼくは何気なく納戸の扉をあけた。予想以上に中は広く、自転車が三台並べられてあった。一台は布施金次郎のためのもので、あとの二台は娘たちのものだった。夫人は自転車に乗れなかったのである。ぼくはいったん納戸を閉めて、ガスレンジを拭き始めたが、そのうち、どうやって三台の自転車を納戸の中に運べたのだろうと考えた。居間は応接間も兼ねていたので、食堂と台所へつづくほんの二メートルばかりの通路は、わざと狭く造ってあり、自転車の出し入れにはいかにも不都合な構造だったからだ。それに、ぼくの記憶には、自転車が玄関から出たり入ったりする光景はまったくなかったのである。勝手口は台所の横にあるにはあったが、人ひとりがやっと通れるほどの間隔しかなく、夫人が父にもう何年も、勝手口をもっと大きく出来ないものかと要求していたことも、ぼくは知っていた。けれども、布施家の別荘は、昭和十二年にドイツ人が建てたもので、もともと勝手口はなかったということだった。祖国へ帰るドイツ人からこの別荘を買った布施金次郎の父が、それではいささか不便だと言って、無理矢理、堅牢な壁に穴をあけ、勝手口を造ったそうだが、そのため、ドイツ建築の格調は、そこだけ何やらいびつなおもむきを呈してしまう結果になった。ぼくは居間から顔だけのぞかせ、二階の父に訊いた。

「父ちゃん、納戸の中の自転車、どうやって出し入れするんだ?」

父は廊下を歩いて来て、階段に腰を降ろし、曲がらない左膝をさすりながら、しばらくじっとぼくの顔を見ていたが、やがてうっすらと笑みを浮かべて答えた。

「いくらドイツ人だって、家を建てるのに裏口を造らねえって筈はないよ」

「裏口、あるの?」

父はこけた頬の肉を指でつまみ、ぼくから目をそらすと、小声で、

「裏口だけじゃねェ。この別荘の下には地下室まであったんだ」

そう言って、手すりにつかまって立ちあがった。

「いつだったか忘れた。何十年も昔みたいな気がするよ。あるとき偶然にみつけたよ」

父は手に持った布をズボンのポケットに突っ込み、階段を注意深く降りてくると、無言で玄関を出て行った。ぼくはあとを追った。ちょうど納戸の裏側にあたる場所に、丸太で組まれた六畳ほどのアトリエがあった。大きなガラス窓は中からカーテン

でふさがれている。そこは、布施金次郎がときおり籠って、彼の唯一の趣味である油絵を描くために建てられたアトリエなのだった。

「ここは放っておいてくれ。掃除をする必要はないからって言われてたから、俺はご一家が東京へ帰っても、言われたとおり放ったらかしにしといたんだ。掃除をやろうにも、鍵はご主人さましか持ってねェから、やりようもなかったってわけさ。だけど玄関のドアの取手がゆるんでたから修理して、ついでにこのアトリエのドアも調べてたら、ちょっといじくっただけで開いちまった。それで中に入ってみたんだ。そしたら、奥の板壁が、ドアから入って来た風で揺れやがった。壁が揺れるなんておかしいじゃねェか」

そこまで言って、父は口を閉ざした。芝生の新芽の上に坐り込み、ぼくを見あげた。そして自分の横に坐るよう促した。並んで坐ったぼくを、父はやにわに抱きしめて、こう言った。

「この別荘の主《あるじ》と比べたら、父ちゃんなんか、つまんねェ情ねェ男に見えるだろうな」

「そんなことないよ。俺、夏に来るやつら、みんな大嫌いだ」

ぼくは目に涙を浮かべて言った。なぜ急に涙が溢れてきたのか、ぼくには判らなかった。おそらく、口では否定しても、本当はぼくは父を蔑《さげす》んでいたのだろう。だから、ぼくは泣いたのだろう。いや、そうではなかったかもしれない。ぼくは、自分が広大な別荘の御曹子であることをしょっちゅう夢想することで、逆に別荘番である貧相で寡黙な父の、心の嵐が手に取るように読めていたからかもしれないのだ。父は言った。

「えらくならなきゃあ、男じゃねェよ」

ぼくと父は、アトリエの前の芝生に坐り込んだまま、暖かい太陽を浴びていた。ここち良い筈の初夏の陽光は、そのときぼくには苦しかった。じっとりと汗ばんで、次第に自分の体が溶けていくような気がした。まるで塩を振りかけられたナメクジみたいに。布施金次郎だけが知っている隠し扉から、父は何のために自転車をいれたのか。ぼくは、その理由を訊くのが恐かったのだった。不安とか、それにちなむ予感というものは、何の前兆もなく湧いてくることはないのだ。過ぎ去ったすべての夏の哀しみ、そして、そのあとぼくたち一家をときに暗く包み、ときにわけもなく意気消沈させた布施家のゴミは、目に見えぬ速度でゴミ箱から溢れ出ようとしていた。それがおぼろげに判る年齢に、ぼくは達していたのだった。

その二、三日あと、ぼくが学校から帰ってくると、家には誰もいなかった。母の字で、メモ用紙が十円玉五つを重しにしてぼくの机に置かれてあった。(父ちゃんは追分の中森さんのところに行きました。帰りは夜になるそうです。私は美保の高校進学のための懇談会があるので学校へ行きます。五時には帰って来ます)。姉は中学を卒業したら就職することになっていて、その就職先もほぼ決まりかけていたので、ぼくは不審な面持ちで、メモの文面を何度も読み返した。姉は成績も良かったから、本心は進学したい筈だったし、公立高校なら授業料も安く、多少無理をしても、父と母は高校へ通わせてやりたい様子だった。それなのに姉が就職すると自分から言いだした理由を、ぼくは知っていた。そのひとつは、自分のために費す金を貯蓄して、ぼくを大学へ入れてやろうと思ったからだ。そんな気持を、姉は決して口には出さなかった。ぼくが、どうして高校へ進学しないのかと訊いても、姉はうなだれて微笑むばかりだった。もうひとつは、姉はこの布施家の別荘からいっときも早く逃げて行きたかったのである。姉は、中学生になった頃から、にわかに無口になり、同時に美しくなった。布施家の姉妹も、夏、布施家に遊びにくる近辺の別荘の息子たちも、それぞれ思春期を迎えるか、その只中にあった。そして、そうした名家の少年たちのまなざしは、布施家の姉妹にではなく、別荘番の娘である久保美保を絶えず捜し求めていた。嫉妬深く、猜疑心の強い夫人が、それに気づかぬ筈はなかった。布施家では月に一度か二度、土曜日の夜に、親交のある友人や、これから親交を結びたい名家の家族を招いてパーティーを催した。それは、ひと夏を軽井沢ですごす人々の間で「布施クラブ」と名づけられるほど豪華で賑やかな集《つど》いだった。当然、その準備とあと片づけ、さらにはパーティーの最中《さなか》に飲物や料理を運ぶのは、ぼくたち一家の仕事だった。父は足が不自由だったので、客たちの前には姿を見せず、台所でコックの手伝いを受け持ち、母と姉とぼくとが、ワインやカクテルや料理を銀製の盆に載せ、招待客に勧めて廻るのである。著名な政治家の令嬢もいれば、大財閥の馬鹿息子もいた。皇室と血のつながる人も何人か混じっていた。確か姉が中学校の二年生のときだったと記憶している。白い前掛けをして、居間とそれにつづく広間のそこかしこで話に興じたり、レコードの音に合わせて体を動かしている招待客にデザートを配っていた姉は、ひとりの高校生らしい少年から手紙らしいものを素早く前掛けのポケットに突っ込まれた。ぼくは気づいたが、母もそれを目撃していた。母は何気ないふりを装って、姉と一緒に台所に戻ってくると、優しい口調で囁いた。

「読むんじゃないよ」

姉はそっと頷き、四つに折り畳んである紙きれを丸め、ゴミ箱に捨てた。あと片づけを終えて家に帰るため、台所横の裏口で靴を履いていた姉を夫人が呼び停めた。夫人も目ざとく見ていたのである。

「まだ子供のくせしてても、色事の呼吸はちゃんと覚えちゃったみたいね。蛙の子は蛙ってわけだわ。あなた、これからパーティーの手伝いはしなくてもいいわよ」

そう言われた瞬間の姉の表情を、ぼくは忘れることはない。それは中学二年生の少女の顔ではなかった。まさしく夫人の言葉どおり、色事の呼吸をのみこんだニンフのように微笑み返したのだ。

「はい、判りました。その代わり、どんなお手伝いをしたらいいでしょう」

夫人は気圧《けお》されて言葉を詰まらせた。

「考えとくわ」

似合わないカクテルドレスの上に紫色のカーディガンを羽織った夫人は、ぼくと姉とが庭の闇の中に消えてしまうまで睨みつづけていたようだ。いまのぼくには、姉の異常な美しさの根源がはっきりと見えている。異常な美しさ……。生涯ぼくは、久保美保という自分の姉については、こんな稚拙で奇妙な言葉によってしか表現出来ないに違いない。

母と同等に夫人の憎しみの対象と変わった姉が、半分はぼくのために、半分は自分のために、軽井沢から、布施家の別荘から逃げだしたかったのも無理からぬ話だった。それなのに、なぜ突然、姉は高校進学へと決意をひるがえしたのか。そのときのぼくはさっぱり判らなかった。ぼくは柱時計を見た。二時半だった。ぼくは、別荘の下に地下室があるという父の言葉を思い出した。風で揺れるアトリエの壁のことを思い出した。アトリエの鍵は、きっと布施金次郎の部屋のどこかにあるのだろう。ぼくは、いつも入口の柱に掛けられている別荘の鍵を持ち、白樺の林を通り抜けて、そっと玄関のところへ行った。ひとりで、誰もいない別荘の中に入るのは初めてで、鍵を廻す手が少し震えた。足早に階段をのぼり、布施金次郎の書斎のドアを開いた。カーテンでふさがれた書斎は掃除がゆきとどいて、地球儀も机も本棚も外部からの薄明かりを反射させて光っていた。ぼくは机のひきだしをあけた。どのひきだしも空《から》っぽだった。机の上にはインク壺とセットになった大きな羽根ペンがペン差しにおさめられていた。それは装飾の用しか成さない年代物で、布施金次郎が青年時代にイギリスで買ったものだということを、ぼくは氏の口から直接聞いていた。そっと持ちあげたが、その下に鍵は隠されていなかった。地球儀の台の下も見た。カーペットのあちこちをめくったが、鍵はなかった。ぼくは本棚の中をのぞいた。夫人はひんぱんに各部屋の掃除を命じていたから、ぼくの捜した場所に鍵を隠す筈のないことに気づいた。それらはみな、週に一度は父か母が、丁寧に乾いた布で拭くところだったからだ。父と母が掃除をしないのは、書斎の中では本棚の、それも夥《おびただ》しい数の本だけだった。しかし、本を一冊一冊抜き出すのはためらわれた。鍵はここにはなく、布施金次郎が東京に持ち帰っている可能性の方が高いことに思い至ったからである。ぼくはあきめて書斎から出て行こうとし、ふと、ではどうやって父は自転車を納戸の中にしまうことが出来たのだろうと考えた。鍵がどこかにあるからではないか。ぼくはもう一度、本棚の前に立った。すると、一冊だけ、上下がさかさまになっている薄っぺらい本が目についた。きちんと整頓されておさまっている何百冊もの本の中で、それはいかにも何かを暗示していた。ぼくはその本を手に取り、ページをめくろうとした。けれどもその前に、本の間に挟まれていた鍵が足元に落ちた。それを拾いあげたぼくの掌は、汗で濡れていた。何度もシャツやズボンで掌をぬぐったが、汗はたちまち滲み出た。階下に降り、玄関を出て、アトリエの扉の前に立ったぼくは、あたりを見廻した。コジュケイが二羽、近くの樹にとまって、小刻みに尾を動かしていた。その鍵で、アトリエの扉はあいた。絵具の匂いが充満していた。何も描かれていないキャンバスが重なり合って左右の壁に立てかけてあり、木製の回転椅子の前には、デッサンだけでまだ色の塗られていない大きなキャンバスが、まるで風で揺れるという板壁をさえぎるみたいに、イーゼルに立て掛けたまま置かれていた。ぼくは板壁の右端を押した。するとそれは音もなく動き、左端に、人間がひとり出入り出来る隙間があらわれた。板壁の真ん中に何らかの細工が施《ほどこ》してあり、左右どちら側を押しても動くようになっているようだった。ぼくは板壁のうしろに忍び込んだ。ざらざらした別荘の外壁と、もともとそこに存在していた裏口の、頑丈な扉のノブがあった。ぼくはそのノブを廻し、手前に引いた。ちょうどそこは、黒く汚れて使い捨てられた桐の箪笥が、納戸の壁にぴったり押し付けるようにして置いてある箇所であった。ぼくは桐の箪笥の背を、倒れないよう少しずつ動かした。箪笥には何も入っていないらしく、たいした力を入れずとも簡単に通路が出来た。自転車のサドルが見えた。ぼくは納戸に入ると、急いで地下室の入口を捜した。針金でゆわえつけられた予備の薪が十本ずつ一組にされて茣蓙《ござ》の上に積んであった。どこに視線を走らせても、地下室への入口はそこ以外考えられないのである。ぼくは茣蓙を引いた。七、八十本の薪が載っているのでかなり重かったが、引くたびにあらわれてくる地下室への入口の、まがうかたのない隙間とはめ込み式の取手を目にしたとき、ぼくの心臓は烈しく打ち、胸苦しさで息遣《づか》いが荒くなった。納戸の床に造られた蓋をあけると、コンクリートの階段が、闇の中に降りていた。地下室の冷気が、ぼくの掌の汗をいっそう煽った。目を凝らすと、階段の降り口にスウィッチがあった。ぼくはスウィッチをこわごわ入れた。黄色い電球の光が、眼下の地下室に拡がった。ぼくは階段を降りて行った。床も壁も天井も厚いコンクリートで覆われた地下室は、葡萄酒の貯蔵庫だった。木の棚には埃をかぶった何百本もの、白や赤の葡萄酒の壜が、整然と並べられていた。ぼくは、棚に沿って地下室の奥に進んだ。それは想像以上に広く、頭上の台所や食堂のさらに向こうまでつづいていた。おそらく居間兼応接間の下すべてが、地下室になっているのだろうとぼくは計算した。葡萄酒の長い棚は四列あった。ぼくは少しひょうし抜けして、地下室の真ん中あたりで立ち停まった。いったいアトリエの隠し扉は何のためだろう。なぜこの別荘の当主は、たかが葡萄酒の貯蔵庫の存在を家人に内証にしているのだろう。納戸には、わざわざアトリエの隠し扉を使わなくても、夫人も娘たちも、そしてぼくたちも自由に出入り出来るのに……。しかもそのうちの誰かが、何かのひょうしに茣蓙を動かして、地下室への蓋に気づく可能性は、あの程度の隠し方ではおおいにありうることではないか。恐怖心の薄らいだ心で、ぼくはそう考えた。しかし中学一年生のぼくの頭脳では、それ以上の思考は及ばなかった。そのうちぼくは、小説に登場する探偵みたいな気分になり、ひょっとしたら、この地下室のどこかには、もうひとつ秘密の扉でもあり、金銀財宝が隠されているのかもしれないなどと思った。それでぼくは、さらに五、六歩奥へ歩いて行った。四列の棚がとぎれる地点で、ぼくは不思議なものを目にして立ち停まった。地下室の一番奥、ちょうど玄関の真下あたりに違いない場所に、ベッドが置いてあったのである。それには大きなビニールのカバーがかぶせられていたが、白地に真紅の百合の花をあしらった羽根蒲団の柄は、くっきり透いて映っていた。ぼくはいったいどのくらいの時間、その羽根蒲団の柄を見つめていたことだろう。ぼくが、その真紅の百合を見るのは、初めてではなかった。そして、よく晴れた日曜日、別荘内の蒲団を日光に当てるのは、一年前から姉の仕事になっていたのである。しかも、夫妻の蒲団は揃いの金茶色の無地で、姉妹のは色違いのコスモスがちりばめられ、コックと来客用のものは羽根蒲団ではなかった。

ぼくは地下室から出、莫蓙を元の位置に戻し、桐の箪笥のうしろに廻ってアトリエと別荘の壁との隙間でしばらく息をひそめていた。どうやって桐の箪笥を引き寄せたらいいのか判らなかったからだ。けれども方法はすぐにみつかった。箪笥の下の部分に、五寸釘が一本打ち込まれてあったのだ。それをつかんで引き寄せれば、箪笥は難なく納戸の壁に密着するようになっていた。ぼくは再び布施金次郎の書斎に行き、アトリエの鍵を本の間に挟んだ。勿論、本の上下をさかさまにしておくことも忘れなかった。ぼくは布施家の別荘から走り出た。本通りを駆け下り、諏訪神社とは反対側の、鹿島の森の方に、がむしゃらに走った。何が何だかさっぱり判らなかった。頭の中では、さまざまな想念がもつれ合っていたが、それはある瞬間、明確な一本の線になりかけたかと思うと、たちどころに分散して、くらげの足のようにばらばらにうごめき始めるのだった。ぼくは日が暮れるまで、雲場池《くもばいけ》のほとりの岩に腰を降ろし、何物かから身を隠すように、うずくまっていた。やがて霧がたちこめてきた。霧はあっという間に、池の水さえ見えぬくらい濃くなった。思い起こしてみれば、その日から、深い霧がたちこめるたびに、ぼくの心はある狂気へと否応なくのめり込むようになったという気がする。霧が出てくると、頭痛が始まり、体中の力が抜け、口をきく気力すら失うのだった。心は虚無に包まれ、ときには微熱が出ることもあった。すべての人間の中にひそんでいる魔……。外にあるものではなく、内に宿している魔に活力を与える媒体は、ぼくにとっては、あの軽井沢の霧であった。

その夜、ぼくは両親が寝つくのを待って、先に寝ていた姉を揺り起こした。

「話があるんだ。外で待ってるから」

ぼくはパジャマの上にセーターを着て、家を出ると、白樺の林のところで姉を待った。夏は庭のあちこちに誘蛾灯をつけるのだが、それ以外の季節は何の明かりもなく、一寸先も見えない闇であった。ぼくは姉が家から出て来た気配を感じて、手に持っていたマッチをすった。

「どうしたの?」

姉も同じようにパジャマの上にセーターを着て傍に近づいて来ると、そう声をひそめて訊いた。

「高校へ行くのか?」

「……うん」

「どうして急にそうなったんだ?」

「父さんが進学しろって言ってきかないから」

「嘘だ。おかしいじゃねェか。父ちゃんはもうあきらめたって言ったよ。何ヵ月も前に」

するとと姉は、わざと話をそらすように、大きく息を吸い込んで、

「ねェ、夜になったら、なぜ樹の匂いがこんなにむんむんするのか知ってる?」

と言った。

「知らねェ」

「樹にも心があるからよ」

夜霧に濡れた白樺の樹皮を、姉は撫でた。

「みんな、おかしいよ。父ちゃんも母ちゃんも……、姉ちゃんも」

「なにが？」

ぼくは危うくアトリエの隠し扉のことや地下室のことを口にしかけたが、なぜかそれだけは言ってはいけないことのような気がして、それっきり黙り込んだ。ぼくはマッチをすり、姉の顔を見つめた。つかのまのゆらめく明かりに、姉の顔だけでなく、樹皮や芝生や、カブト虫の幼虫が眠っている櫟《くぬぎ》の木の、切り口を縁取る苔までが映しだされた。その櫟の巨木はきょ年の秋に枯れ、父が切り倒した。そしてそれは、仕事に疲れた父が腰を降ろして一服する坐りごこちのいい椅子となっていた。マッチの火が消えてすぐに、姉はぼくの頭を両の掌でかかえ込んだ。

「修平、ニキビが出てきたぞ。来年になったら、姉ちゃんよりも背が高くなるから……」

ぼくはそんな姉の掌を払いのけようとしたが、そのぼくの手の甲は、姉のまだ脹らみきっていない乳房に当たった。

「さわりたいの？」

ぼくは姉の、はっきりと誘いかけてくる口調に驚いてあとずさりした。

「わざとさわったんじゃねェよ」

だが、姉はぼくの手をつかむと、ゆっくり自分の乳房に導いた。乳首は、まだ小指の先ほどもなかった。ぼくは掌を乳房から離そうとしたが、姉はそんなぼくの手首をいっそう強く自分の乳房に押しつけた。そのうち、姉はぼくの手首から手を離したが、ぼくはいつまでも乳房に触れていた。ぼくの生涯に、あれ以上の官能のひとときは、もう訪れないだろう。ぼくと姉とのふれ合いも、また邪淫と呼べるものであった。姉が誘《いざな》い、やがてぼくが陶然と我を忘れた闇の中の出来事はまさしく性の行為以外の何物でもなかったからだ。邪淫ほど甘いものが、この世にあろうか。そして、邪淫もまた、人間を底知れぬ奈落へと導くひとつの猛毒なのである。

ぼくは、それからもしばしば地下室へ行った。父も母も出掛け、姉もまだ学校から帰ってこないという場合だけに限られていたが、中学の三年間を通じて、ぼくが地下室でひとりきりの時間を持ったのは百回を超えている。ぼくはそこで自慰行為にふけり、布施金次郎の本棚から抜き出してきた小説を読んだ。五、六ページ読むと、ぼくは地下室から出た。父にも、母にも、姉にも、断じてみつかってはならなかったからだった。だから、ぼくはたった一篇の小説しか読み切れなかった。それはミルトンの「失楽園」だった。

ぼくたち一家は、夫婦ゲンカも姉弟ゲンカもなく、それぞれ何らかの秘めごとを内に蔵して決して口にすることなく、数年を経た。起こる事件は、他愛のないものばかりだった。ぼくの書いたラブレターがみつけられ、その相手は誰なのかと両親や姉にからかわれたことがあった。ぼくが、それは姉に書いたものだと正直に打ち明けたとしても、父も母も信じなかっただろう。だが、あるいは姉だけは、それを冗談とは受け取らなかったかもしれないが。いつもと同じ夏が来、そして去り、一見平穏な秋と冬と春が巡った。けれども、ぼくたち一家の心は、あるひとつの場所に向かって、ゆるやかに集結していったのである。

3

十五年前の、ぼくが高校二年生になった年の七月十五日、布施家の人々は例年どおり、コックを伴って軽井沢駅に着いた。夫人に同調して母をいじめつづけた女中の姿がないので、駅のホームまで出迎えた父はぼくの顔を一瞬暗い目で見やってから、

「尾本さんは？」

とコックに小声で訊いた。岩木孝次という名の、初めてぼくが顔を合わしたころと比べると倍近く体重の増え、同時に白髪も増えたコックは少し急ぎ足で階段を昇り、布施夫妻や姉妹との距離をあけてから言った。

「クビになったよ」

「どうして？」

父の問いに、岩木は自分の人差し指を何度も曲げてみせた。

「そんな盗み癖があったのかい」

「俺はもうだいぶ前から知ってたんだけど、知らんふりしてたんだよ。ところがことしの正月にばれちゃった」

それから岩木は父の腕を軽くつつき、

「俺は軽井沢の駅に着いたらほっとするよ。都会の夏だけはまったくやりきれねェぜ。だけど、あんたたち家族には辛い夏だよな。ことしは厄介だぜ。あんたの奥さんが、尾本の婆さんの代わりをさせられるんだ」

そういって苦笑した。本当に気の毒がっている、そんな笑い方だった。父もぼくも、女中の姿がないのに気づいたとき、そのことを咄嗟《とつさ》に予感して不安に駆られていたのである。

「久保」

と夫人が父を呼んだ。父は階段を降りたところで立ち停まり、振り返った。

「荷物はもう着いてるわね」

「はい。三日前に着きました」

「タクシーも手配してあるわね。乗り場で並んで待つのはいやよ」

「はい。二台予約しときました。改札口の近くでお待ちしとります」

何気ないふりを装って、そっと振り向いたぼくは、布施家の姉妹と目が合って、慌てて改札口に視線を戻した。すると姉の恭子が妹の志津に言った。それはあきらかに、ぼくに聞こえるような喋り方だった。

「修平さん、だんだんお母さんに似てくるわね。姉弟ふたりとも、お母さんそっくり」

ひと夏をぼくたち姉弟と一緒に遊んだこともある恭子は、元来、無口で心根の優しい娘だった筈なのに、二、三年前から顔立ちのどこかに尖ったものが見られるようになり、ぼくや、ぼくの姉に対してときおり夫人と同質の刺《とげ》のある言葉を投げつけるようになっていた。立居振るまいや喋り方も、母親のそれをわざと真似ているのではないかと勘ぐりたくなるほど似ていた。

「そうね。でも私たちは別々。お姉さまはいいけど、私はお母さまに似ちゃった。世の中、不公平だわ」

あの母親に聞こえたらどうするのだろうと、ぼくを多少心配させるくらいあけっぴろげに言い返した志津は、恭子とは反対に、少女のころの気の強さや小生意気な部分が取れて、よく言えばおおらかな、悪く言えば細やかな神経などまったく持ち合わせていないお嬢さまに育っていた。不細工だからまだ救われてるんじゃねェか。それだけ器量が悪かったら、かえって可愛げがあるさ。ぼくは胸の中でそう呟きながら、待たしてあるタクシーに走った。

一家は先にタクシーに乗り込み、別荘への、そろそろ避暑客の増え始めた通りに向かった。ぼくと父とコックの岩木は、一家が東京から持参した幾つかの鞄を車のトランクに詰めるのに手間取ったので、かなり遅れてあとを追った。タクシーの中で父は岩木に話しかけた。

「あんたも長いねェ、布施家で働くようになって」

「ことしでちょうど二十年だ。久保さんが別荘番になる三年前からだぜ」

「俺たちは夏だけだから……。だけど岩木さんは毎日だろう。よく務まってると思うよ」

助手席に坐った岩木は前方を見たまま、

「俺は料理を作ってりゃいいんだから、あの雌豚に文句を言われるのは料理に関してだけさ」

そう言って肥満した体をねじり、父とぼくの方に向き直った。

「昭和二十三年だよ。兵隊に徴《と》られるまでホテルの調理場で働いてたとは言っても、おいそれと働き口なんてみつかりゃしねェ時代だったから、ま、とりあえず腰掛けのつもりで布施家の料理番に飛びついたってわけさ。ところがそのうち、大きなホテルの調理場に戻るのが億劫《おっくう》になっちまって……。先代の跡を継いだいまの社長が俺の作る料理をえらく気に入ってくれたってこともあるけど、なんかこう、平和におだやかァに暮らしてェって思ってねェ。判るだろう？　あんただって赤紙一枚で、あれよあれよってうちに戦地に連れてかれて、鉄砲握らされてたんだからさあ」

父は何度も頷いてみせた。ぼくは岩木の話を聞きながら、布施家の姉妹がかぶっていたつばの大きい麦わら帽子を思い描いた。恭子のかぶるそれは、何年か前のぼくには、気品と清潔とをたたえた遠くの光であった。水色の飾りリボンが風になびいて木陰から見え隠れしているのを目にするたびに、ぼくは自分たち一家の貧しさを白日のもとに照らし出されているような思いにひたったものだ。反対に、志津がかぶっている麦わら帽子の赤いリボンは、ぼくの中で絶え間なくうごめく蛇の舌だった。布施家の女どもがどんなに上品ぶろうと、どんなに高価な服を着ていようと、俺の母と姉にはかないっこない、ざまあみろ、悔しいだろう、俺たちを追い出したいだろう、あ、出て行ってやるさ、俺が大学に入ったら、布施家の別荘にところかまわず唾を吐いておさらばしてやらァ……。姉妹の麦わら帽子は、卑下と憎悪のふたつの感情をぼくにもたらせてきた。ところが二、三年前からそれはさかさまになった。水色のリボンに憎悪を、赤いリボンに卑下をと変化して、さらに烈しさを増したのだった。恭子いは志津の、それぞれの変貌が原因なのか、ぼくの感受性が裏表になったのか、あるいはその両方の作用によるものなのかは判らなかったが、どちらにしても布施家の人々に対する憎しみは、ぼくの内部で明確な形となって膨らんでいきつつあった。その憎しみの波の底には、あのアトリエの隠し扉と秘密の地下室が、絡み合った海草のように気味悪くゆらめいていたのである。

岩木は突然話題を変えて、

「美保ちゃんは、高校を卒業したんだっけ？」

と父に訊いた。

「うん、恭子さまとおない歳だからなァ」

「どこかに就職したのかい」

「ご主人さまが世話をして下さってねェ、ことしの四月から中江さんの事務所で働いてるよ」

「中江さんて、あの司法書士さんかい」

「ああ、軽井沢もどんどん新しい別荘が建ち始めたから、猫の手も借りたいくらい忙しいらしくて、ちょうど経理をまかせられる人間を捜してたそうなんだ。娘は簿記の免許を高校生のときに取ったんで、布施社長の紹介のうえに簿記まで出来るのならこっちから頭を下げてでも来てもらいたいくらいだって言われてねェ」

「そりゃあ、いいや。娘は目の届くとこに置いとかなきゃあいけねェ。東京なんかに働きに出てみろ、二年もたたないうちに薄ぎたなくなっちまう。父《てて》なし子を抱いて帰って来られたりしたら、たまったもんじゃねェよ」

ぼくは、初めて布施金次郎と言葉を交わし合った日のことを思い出した。ぼくが小学校の五年生だった夏、布施金次郎は喫茶店にぼくを招き入れ、恭子の遊び相手にと、姉を引き合わせた。ぼくたちは信濃追分駅近くまでサイクリングをした。その際、中学一年生だった恭子が、高校を卒業したらイギリスの大学に留学することになっていると言ったのを、ぼくはすっかり忘れていたのだ。ぼくは岩木に訊いた。

「恭子さまは、イギリスに留学する筈じゃなかったんですか？」

「雌豚の見栄だよ」

岩木は二重顎の肉を震わせ、低く笑った。

「だいぶ前から、そのために相当金を使ったようだけど、どうも予定どおり事が運ばなかったみたいだな。わざわざイギリス人の家庭教師を雇って、英会話の勉強もさせてたけどね」

「でも、向こうの大学は、卒業するのは難しいけど入学するのは簡単だって誰かが言ってましたよ。それにあんなに金持ちなんだし……」

「本人が行きたがらないっていうのが表向きの理由だけど、ほんとは何か知られたくない事情があるんじゃねェかって俺は睨んでるんだ」

いつになく口の軽い岩木がさらに何か言おうとしたとき、タクシーに別荘の門から玄関へとゆるやかなカーブを描いてつづいている道に入った。ぼくと父は大急ぎでタクシーを降り、トランクの中の鞄を出した。すでに布施金次郎も夫人も二人の娘も邸の中に入ってしまっていた。やつらの儀式が始まっているのだ。

儀式……。そう、やつらは毎年七月十五日に別荘に到着すると、居間のそれぞれの定位置に腰を降ろし、さっそく紅茶を飲み、クッキーを齧りながら、芝居がかった威厳と団欒の中で、正月の挨拶に似た言葉を交わし合った。それはあきらかに儀式であった。口火をきるのはいつも夫人で、彼女は大きなダイヤの指輪をはずしてテーブルに置き、こう言うのである。

「あなたたちのお祖父《じい》さまが残してくれたもので、月日がたてばたつほど値打が出てくるのが、このダイヤと、それにこの別荘よ。夏が来て、別荘にやって来ると、私は自分のしあわせに感謝するの。あなたたちが小学生のときから、わざわざ学校を休ませて夏休みの始まる十日前に軽井沢に来たのは、お祖父さまが毎年七月十五日に別荘にお入りになったからよ。布施家の夏のしきたりで、それはそっくりそのまま私たちが受け継がなくちゃいけないんですよ」

夫人は娘に言っていたが、じつは自分の夫に聞かせていたのだった。森家の娘と結婚したことで、布施家は森財閥の大きな屋根の下で雨やどりが出来た。いまも森財閥の庇護のもとで事業は安泰を保っている。この広大な敷地を誇る別荘も、自分と結婚したからこそ人手に渡らずに済んだのだ、と。だから、夫人の言う（お祖父さま）とは、布施金次郎の父ではなく、自分の父を暗示していたのである。そのあと布施金次郎は、必ず穏やかな笑みをたたえて言ったものだ。

「美貴子はいつも混同してるよ。ダイヤは、きみが私の家に嫁いだとき、実家から持って来たんだ。私の父が買ってあげたもんじゃない」

「ああ、そうね。私、うっかり忘れてしまうのよ。どうしてかしら……」

だが布施金次郎は、決して自分の感情を表情に出さない男だった。彼は紅茶をすすり、煙草に火をつけて、これもまた例年どおりの言葉を娘たちに言う。

「軽井沢にいる間は、勉学のことはいっさい忘れなさい。いろんな人と交流して、毎日を楽しくすごすんだね。いろんな人と言っても、乞食やならず者は困る。この軽井沢に避暑に来る人間の中にも、人種の違うのがいっぱいいる」

「ほんとに。成り上がり者が大手を振ってこの軽井沢に別荘を持つようになりましたものね」

そして一家は服を着換えるために、二階にあがって行くのだった。

しかし、その年は違った。儀式が終わったあと、夫人はソファに坐ったまま、台所にいたぼくの母を呼んだのだ。

「ことしは女中を連れてこなかったの。あの人ももう歳だし、ちょっと事情もあって辞めてもらったのよ。だから、あなたに家の中の仕事を全部まかせなきゃならないわ。あなた、女中部屋に寝泊まりしてくださいな」

ぼくと父は台所で顔を見あわせた。母の声が聞こえた。

「はい。ですけど、お邸の中での寝泊まりは私には無理でございます」

「あら、どうして？」

母は懸命に言葉を捜している様子だった。夫人の声が甲高くなった。

「何かと不便なのよ。同じ敷地の中にいるにしたって、急に用事が出来たときに、いちいち電話をかけるのは面倒でしょう」

「電話をかけて下されば、いつでも来ます。一分もかかりませんから……。ご一家が全員お休みになるまで私たちの家には帰りませんし、朝の六時には必ずお台所にいる

なの？」

「来た早々から気分を悪くさせる人ねェ。どうして女中部屋で寝泊まりするのがいや
「いえ、私たちの住まわせていただいてる家でございます」

「私たちの家ですって？」

ようにいたします。ですから……」


母は黙り込んでしまった。ぼくは母の気持がよく判っていたつもりだったが、実際には、そのときなぜ母があんなにも頑《かたく》なに夫人の要求を拒みとおそうとしたのか、その本当の理由を知る由《よし》もなかった。もしあのとき、金持ちのドラ息子の運転する外車が、布施家の門柱に激突するという事件が起こらなかったら、母はおそらく夫人に屈伏していたに違いない。そして、母にとっては辛いけれど、その年もまたなんとか夏を終えて、ぼくたち一家は再び平穏な生活に戻っていったことだろう。いまにして思えば、あの十九歳の、酒に酔った無免許のドラ息子は、布施家の人々も持ち、ぼくたち一家も持っていたそれぞれの魔が、時至って合体し招き寄せた地獄の使者であった。いったい機を熟させる栄養物とは何であろう。

邸の中にいた全員の心臓が一瞬動きを停めるほどの、烈しいブレーキ音と轟音が門のところから聞こえた。ぼくは台所から走り出て、居間を横切り玄関の扉をあけた。

そのあとから、目を丸くさせた夫人と、両手で胸を押さえた娘たちが駆け寄って来た。片方の門扉が吹っ飛んで、芝生の上に倒れているのが見えた。車体の右前部がぐしゃぐしゃになった白いキャデラックは、そのまま逃げようとしてエンジンをふかしたが、こわれた車体の一部がタイヤに食い込んでいるらしく、動けなかった。コックの岩木が、靴も履かず走り出て、運転席にいる男をひきずり出した。ハンドルで胸を打ったのか、若い男は咳込んで道に膝をついた。すぐに連絡を受けたパトカーがやって来た。たいしたことはなさそうだがいちおう医者に診せた方がいいという警官の判断で青年が病院へ運ばれて行ったあと、布施金次郎は父に門扉をすぐ修理するよう命じた。そして珍しく不快感を露わにさせ、

「何も邸で寝泊まりさせることはないだろう。この人にだって家庭があるんだからね」

そう夫人に言って、書斎にこもってしまった。夫人も突然の激突音で毒気が抜かれたようになったらしく、それもまた珍しく、夫の意見に力なく頷いた。

真鍮製の門扉は、あちこちに車の白い塗料がこびりついていたが、どこも凹んだり曲がったりしていなかった。衝撃で門柱にはめ込んであった金具が折れ、それで吹っ飛んだのである。損傷を受けたのは、父の手造りの門柱の方だった。ちょうど真ん中

あたりにひびが入っていた。父は紙やすりで塗料をこすり取る作業を始め、ぼくは折れた金具を門柱からえぐり出すために、金槌で鏨《たがね》を打ち込んだ。門柱のひびは、予想以上に深かった。下の部分の金具はすぐに取り出せたが、上部の金具を取り出すのには時間がかかった。金槌を打ちつけるたびに、ひびが拡がっていくからである。

「父ちゃん、この門柱は石をセメントでくっつけてあるだけかい？」

とぼくは訊いた。上部の金具を取り出したと同時に、門柱は完全に折れてしまったからだった。ぼくは自分の体で門柱を隠し、押せば、ごろんと落ちてしまう状態になったのを両手でそっと支えて訊いた。ひびが入っているのを承知で、力まかせに金槌を使ったことを叱られそうな気がしたのだった。

「ああ、そうだよ」

「中に鉄棒を立てとかないと、何かあったとき危ねェんじゃやねェか？」

「何かあるったって、これだけ太い門柱だぜ。おいそれと折れたりするもんか」

「それが、……折れちまったんだよな」

どうせいつかばれるに決まっていたから、ぼくは門柱を指差し、両手で押した。門柱はくの字形になった。

「そりゃ危ねェ。セメントでくっつけなきゃいけねェな」

父はしばらく門柱の折れた部分を見ていたが、そのうち自分の住まいの方に姿を消し、自転車に乗って戻って来ると、

「追分の中森さんちへ行って、セメントをわけてもらうよ」

そう言い残して、頭上をすっぽり樹林の緑葉で覆われた道の彼方に消えて行った。

ぼくはひとまず門柱をそのままにして、紙やすりで門扉についた塗料をこすり始めた。カッコーが鳴いていた。邸の方から恭子と志津の話し声が近づいて来た。

「私、車を運転してた人、知ってるわ」

と志津が言った。

「誰なんです」

夫人の声もした。

「草柳さんの従兄にあたる人よ」

「草柳さんて、あの東和物産の？」

夫人は驚いたようにいったん足を停めたが、またすぐ歩きだし、だんだんぼくのいる場所に近づいて来た。そしてぼくに言った。

「あなた、何をやってるの」

ぼくは三人を見あげた。姉妹はテニスウェアの上に揃いのチルデン・セーターを着

て、ラケットを持っていた。ぼくはこびりついた車の塗料をはがしているのだと説明した。

「そんなものではがしたら、せっかくの苔まで取れちゃうじゃないの。他の方法でやってちょうだい」

どんな道具を使おうが、塗料だけはがして、その下の苔を残すことなど不可能だった。でもぼくは言い返さなかった。ぼくの沈黙は、夫人の神経にさわった。

「どうして黙ってるの。生意気な子ねェ」

母娘は道に出、父とは反対の方向へ歩いて行った。誓って言うが、そのとき霧はたちこめていなかった。キツツキの、樹を叩く音と同時に遠くの森から空恐しい数の野鳥が舞いあがり、青空の一部に夥しい黒点を作っただけだった。やがて夫人が帰って来た。恭子と志津を、散歩がてら途中まで送ったのであろう。夫人は、門柱にも付着している白い塗料を見ていたが、二年前にどこかの森から土ごと掘り起こして、自ら両方の門柱の下に植えたクサアジサイが、淡い紅色の小さな花を咲かせているのに気づいた。

「よかった。このお花は轢かれなかったみたいね」

と言って門柱の下でしゃがみ込んだ。ぼくはそっと立ちあがった。倒れている門扉を力まかせに起こし、二、三度うしろを振り返った。書斎のカーテンは閉じられていた。母も岩木も台所にいる筈だった。ぼくは立てた門扉を門柱のところまで引きずった。おとながふたりがかりでも手間取るくらい、それは重かったが、ぼくは腰をぐらぐらさせながら、全身に駆け巡る火をはっきり意識しつつ引きずった。ぼくはもう一度うしろを見やり、左右を窺った。そして門扉と一緒に門柱めがけてぶつかっていった。

ぼくは、十七歳の自分がなぜあんなにも理路整然と、不慮の事故の顚末を、警官や布施金次郎や姉妹や、父や母や姉に、繰り返し繰り返し説明出来たのかを不思議に思う。けれども、夫人を殺そうとし、そして見事に殺した自分の心を決して不思議だとは思っていない。ぼくが殺意を抱き、それを実行に移すまでの時間は一分か二分の間のことだった。おそらく、心とはそういうものなのだ。いまぼくは、人はたったの一、二分で人生をやり直せる筈だと思っている。なぜなら、ぼくの刹那の心が、ぼく自身を果てしない地獄の底に落とした事実を肉体に刻んでいるからだ。一分、あるいは二分……。時計の秒針が一回転か二回転するだけだという機械的運動に宇宙的な時空をあてはめれば、人はこの世の法則を垣間見るだろう。一瞬も永遠も、あっさりと、ひとつながりになってしまうということを。

ぼくの事情聴取を担当した刑事は、絹巻善哉という四十過ぎの、笑うか睨むか二つの表情しか見せない男だった。ぼくは、その両極の表情のおかげで、かえって自然な演技が出来たのである。絹巻刑事は、事件の起こる一時間ばかり前に、もうひとつの偶発的事件があったことを念頭に置いていた。彼は、車が激突したときに門柱は折れたのかと訊いた。ぼくは、いいえと答えた。そのときはひびが入っていました。折れたのはそのあとです。ぼくは正直に事の経緯を述べさえすればよかった。夫人が、門柱の下でしゃがみ込んで、自分の植えたクサアジサイの無事を確めていたことも知っていた。ぼくはそう言った。そう言ったとき、声がうわずり涙が溢れ出た。取り調べ室に坐っている恐怖と、自分は逃げおおせられる確率が極めて高いという安堵感が、ぼくの目に涙をもたらしたのだが、絹巻刑事は顔をくしゃくしゃにして笑い、ぼくの肩を叩きながら、心配しなくていいよと言った。だがすぐに、こう訊いた。

「きみは、門柱が折れてたことも知ってた。ただ載せてあるだけだってことをだ。それなのに、下でしゃがみ込んで花を見ている布施美貴子さんに、そこにいると危険だって、どうして教えなかったの?」

多分、あのときのぼくの答えが、勝負の分かれめだったろう。

「早く門扉を通りがかりの人に見られない場所へ移すようにって言われたんです。奥さまは機嫌が悪かったから、ぼくは慌てて門扉を起こして引きずったんです。でも重くて……」

「あれをひとりで動かすのは無理だよな」

久保修平は支えきれなくなって、門扉ごと前方に倒れた。真ん中から折れ、修理するためにそのまま載せてあった重さ八十三、四キロの門柱の上部が被害者の頭に落ちた。

調書には、そういう意味の文章が記載された筈である。完全に偶発的な、不幸な事故としていちおう結着がついた。だが、布施美貴子に、その場所は危険であることを言い忘れたという点において、ぼくには過失致死罪が適用される可能性があった。しかし、ぼくは未成年者で、犯罪の前歴もないから寛刑されるだろうとのことだった。

取り調べの最中から、ぼくは強い頭痛に襲われ始めた。終わる頃には熱も出ていた。ぼくは、ああ、霧がたちこめてきたんだと思った。それでぼくは自分の心と戦わなければならなかった。ぼくは何度も体を震わせた。ぼくはわざとやりました。殺そうと思い、実行しました。思わずそう白状してしまうかもしれない心と必死で戦ったのである。絹巻刑事は、ぼくの額に掌をあてがい、

「ちょっと熱があるんじゃないか？」

と言った。そして体温計を持ってこさせた。三十七度六分あった。それが風邪でも何でもなく、霧のせいだということを知っているのは、ぼくと、ぼくの家族だけだった。絹巻刑事はぼくに同情していた。少なくともその時点では……。彼は廊下で待っている父のもとにぼくを連れて行ってくれた。

警察署から出ると、夜の軽井沢は雲の中にあるみたいに見えた。国道十八号線では、何台もの徐行する車のライトが滲んで、そのぼやけた光は、それまでひっきりなしにぼくの鼓膜に甦っていた音を消して行った。門柱が、夫人の頭に落ちたときの音が。

視界は二メートル程度で、ぼくと父は商店の明かりを頼りに、濃霧の道を歩いた。旧軽井沢の通りにさしかかったあたりで、それまでひとことも発しなかった父が口を開いた。

「おめェ、どうしてひとりで門扉を運んだりしたんだ？」

絹巻刑事についたたったひとつの嘘を、ぼくは父にも使った。父は、

「そうか」

と言ったきり、あとは何も言わなかった。ぼくのついたたったひとつの嘘によって、父がすべてを悟ったことを知ったのは、それから何週間か後である。

夫人の遺体は翌朝、東京の自宅に運ばれた。布施金次郎も二人の娘も、コックの岩木も、葬儀のために東京へ帰った。ぼくの両親は、自分たちも葬儀に参列させていただきたいと申し出たが、それはいささかまずいだろうという布施金次郎の言葉でしりぞけられた。

その日の夜、床についたぼくは、目をつむると絹巻刑事の顔が浮かんでくるので、樹木の吐き出す生気を胸いっぱい吸い込みたくなり、起きあがってセーターを着た。襖に手を伸ばしかけたとき、隣の部屋から父と母の声が聞こえた。

「あの男は、嬉しくって飛びあがりてェだろうよ」

「でも、やっぱり私たちは、ここを引き払わなくちゃいけないよね」

「いや、そんな必要はねェや。約束は守ってもらうぜ」

ぼくは立ちつくしたまま襖に耳を近づけた。

「修平だけ、虎夫の伯父さんちに預ってもらった方がいいと思うわ」

それは姉の言葉だった。虎夫というのは、小諸市に住む父の兄で、東京に本社がある中堅の農機具メーカーに勤めていたのだが、一年前、小諸市に工場が出来、そこの副工場長として転勤して来たのである。

「兄貴は社宅住まいだし、根っからのケチだから、体良《てい》く断られるのに決まってるよ」

「じゃあ、私、この近くに家を借りるわ。そこで私と修平が一緒に住めばいいでしょう？　中軽井沢に二階を人に貸したがってるお婆さんがいるの」

「お前が、この別荘から出て行ったら、約束は反古《ほご》にされちまう。もしそうなったら、俺は何のために、犬畜生みてェに、あの野郎にしっぽを振ってきたんだよ。何のために、ぶっ殺してやりたいのを辛棒してきたんだよ。えっ、そうじゃねェか。俺がどんな思いで今日まで来たか、美保は判ってる筈だぜ。母ちゃん、そうじゃねェか？」

「そんな大きな声を出したら、修平に聞こえるじゃないの」

襖のわずかな隙間から、声を殺して泣いている母と、ぼくが眠っているのを確かめるために立ちあがった姉の姿が見えた。ぼくは慌てて蒲団にもぐり込んだ。襖があき、やがて閉められた。ぼくはぞっとした。なぜか、妖怪たちの談合を盗み見たような気がした。父と母と姉は、結託して、何か恐しいことをつづけて来たのではないかと思った。約束とは何だろう。姉がこの別荘から出て行ったら反古にされるという約束とは何だろう。殆ど条件反射みたいに、アトリエの隠し扉と地下室、それにベッドの上の羽根蒲団の柄が脳裏を占めた。ぼくはきのう、人を殺したことを忘れた。それよりもっとおぞましい何かに、父と母と姉が加担してきたのを、ぼくはおぼろげに気づいたのだ。おぼろげであることが、かえってぼくの全身を鳥肌立てた。ぼくは起きあがった。隣の部屋に行き、三人の話を聞いていたぞ、いったい何を隠してるんだ、そう大声で詰め寄ろうとしたのである。だが、ぼくは襖をあけられなかった。もしそうすれば、ぼくは半狂乱になって、きのう、夫人を殺したと告白するに違いないという予感がしたからだった。

蒲団を頭までかぶって、ぼくは目をあけていた。地下室のありさまを心に描いた。ぼくは蒲団の中で、あっと声をあげた。ある疑問が、烈しい戦慄とともに湧きあがったからである。あの地下室への扉を閉めたら、どうやって、七、八十本の薪を載せてある莫蓙を元に戻すのだろう。そのままに放置すれば、納戸に入って来た人間に、地下室の存在がばれてしまうではないか。ぼくは、どう頭を巡らせても、地下室に入った人間が、あの重い莫蓙を元に戻して、入口をカモフラージュしてしまう方法をみつけだすことは出来なかった。それは地下室に入ったのを見届けた誰かが、納戸の中で行なわなければならない。それ以外の方法はない。ぼくはそれに気づいた瞬間、人を殺すという行為を、あたかも何年も周到な準備をし、時を待ち、しかも白昼堂々とやってのけたような錯覚にひたったのである。なぜなら、薪を載せた莫蓙を元に戻している誰かとは、ぼくには父か母かのどちらかしか考えつかなかったからだ。そして、地下室に消えて行くのは、布施金次郎と姉の美保であった。

4

このような事件が起こったとあっては、夫人を亡くした布施金次郎と娘たちは、もはや軽井沢での避暑生活に舞い戻ってくることはないだろう。そうぼくは思っていた。少なくともことしは、この忌わしい別荘に寄りつきたくないと考えて当然だという気がしたのである。それでなくとも、初七日、三十五日、四十九日などの法要を、とどこおりなく終えなければならず、かりに喪が明けてから軽井沢にやって来ても、もうそのときは九月も終わりに近く、東京でも暑さを避けなければならない季節は終わっているのだから。

しかし、ぼくの予想は外れた。布施金次郎と娘たちは、初七日が終わった翌日、コックの岩木も連れて別荘に戻って来たのだ。その日は月曜日だった。朝、電話でしらせを受けた父は、母と顔を見合わせて怪訝《けげん》そうな目つきで何やら考え込んでいたが、やがて、鏡台の中の自分の顔を見つめつつ、どことなくうわのそらのような手つきで薄化粧を施している姉に言った。

「美保、お前、修平とどこかへ行ってろ。二、三日、出来たら一週間ほど、連中と顔を合わさねェほうがいいよ」

姉は無言で頷いた。自分でもはっきり判るくらい、げっそりそげてしまった頬を両手で撫でながら、ぼくは畳に寝そべって、姉を見やった。恐怖は、あたかも溝のこわれたレコード盤が同じ旋律を繰り返すように、ぼくの心の中で回転していた。夫人を殺したという行為に対する恐怖ではなく、もうきょうかあしたにでも、警察がぼくを殺人犯と見破って逮捕しに来はしまいかと怯えていたのだった。ぼくには懺悔の心などひとかけらもなかった。あの重い門扉を、明確な意志をこめて持ちあげ、引きずり、そして折れた門柱めがけて倒れ込んでいったというのは錯覚で、ぼくは夫人にヒステリックな声で命じられる前に門扉を片づけようと思いたち、力及ばず倒れたのではないかと、本気で考えたりしていた。必死の自己防衛は、やがて自分の心で、自分の心をたぶらかしてしまう。やったことをやっていないと思い、感じてもいないことを感じたと思う。けれども、心はコノハムシだ。どんなに精巧に木の葉と化しても、木の葉そのものになることは出来ない。善良で平凡な日々をおくる人も、きっと気づかぬまま、一日に何十回もコノハムシの真似をしていることだろう。

懺悔どころか、ぼくには罪の意識すらなかった。十七歳という年齢のせいではなかったと思う。あれが事故ではなく、れっきとした殺人だったことを、警察が気づいたりしないだろうか……。ただその恐怖だけが、懺悔や罪の意識から、ぼくを遠ざけていたのである。

姉は身づくろいを整えると、

「修平、おいで」

と言って立ちあがった。

「俺、行かねェ。ここにいる」

ふてくされて言ったのではなく、ぼくは本当に、どこにも行きたくなかったのだ。なぜか母の傍にいたかった。事件以後、事あるごとに涙ぐむ母から離れたくなかったのだった。

「ねえ、姉ちゃんと四、五日、どこかへ行こうよ」

「四、五日も、どこへ行くんだよ」

「上山田の温泉でもいいし、上高地でもいいよ。修平の行きたいとこに連れてってあげる」

言葉つきは優しかったが、姉の目の光は強く、威圧感があった。ぼくと姉は、警察の現場検証も終わり、新しい門扉と門柱の材料の置かれた布施家の別荘から、旧三笠ホテルへの道に出た。本通りを下り、郵便局の角を左に曲がってテニスコートのところに辿り着くまで、ぼくと姉はひとことも口をきかなかった。

「駅に行くんじゃねェのか？」

そうぼくが訊くと、姉は森の中の道に歩を運びながら、矢ケ崎川の手前に、おいしいババロアを出す喫茶店が出来たのだと言った。

「ご馳走してあげる。ほんとにおいしいんだから」

その喫茶店は、外国人専用の集会場を通り過ぎて、矢ケ崎川の小さな石橋が見えてくるあたりに建っていた。木の扉をあけ、椅子に坐り、ババロアを註文した姉の身のこなしや口調にぼくは見惚れた。椅子の坐り方、テーブルに置いた指の、ちょっとした動かし方などは、貧しい別荘番の娘ではなく、良家の令嬢のそれであった。ぼくはまた地下室の羽根蒲団の柄を脳裏に描いた。

「どうしてあいつら、初七日が済んだばっかりだってのに、別荘に来るんだ？　ことしの夏は、避暑どころじゃねェだろう？　俺の代わりに、父ちゃんと母ちゃんがいじめられるんなら、俺は別荘に戻って、あいつらに謝るよ」

とぼくが言うと、姉は十九歳とはとても思えない色香を一瞬横顔に閃かせて、喫茶店の天窓を見あげた。姉の顔が緑色に染まった。森の、豊饒な緑が揺れ動くさまは、天窓を透かして、そのまま姉の顔の中にあった。

「あの人が、きょう来ることは四日前に判ってたの。父さんと母さんがびっくりしたのは、恭子さんと志津さんが一緒だからよ」

「あの人って、誰だい？」

ぼくは判りきったことを、わざと訊いた。

「旦那さまに決まってるじゃない」

「まるで、恋人みたいな言い方だったぜ」

それまで、喉元まで出かけては抑えつけるという労力を費していたぼくは、とうとうこらえきれずにこう言った。

「姉ちゃんが、布施家の別荘から出て行ったら反古《ほご》にされるっていう約束って、いったい何なんだよ。あの豚が死んだ日の次の夜、俺は寝たふりをして聞いてたんだぜ。父ちゃんも母ちゃんも何か隠し事があるんだ。俺は知ってるんだぞ。何もかも、知ってんだから」

ババロアが運ばれてきた。姉の表情には、毛一筋もの変化はなく、スプーンでババロアを口に入れた。ぼくは苛《いら》だった。危うく、夫人を殺したことを喋りそうになったほどだった。けれども、ぼくはそれだけは口にすることが出来なかった。ぼくは少しどもりながら、開きかけた口を閉じられないまま、別の言葉を姉に投げつけた。

「姉ちゃん、あの地下室で、あいつと何をやってんだよう」

するど、姉はぼくの手を両手で包み込み、顔を近づけて、こう囁いたのである。

「中学生のときは、チェスを教えてもらって、そのお相手をしてたの。高校生のときは、英会話を教えてもらってた」

ぼくは包まれている手を振りほどこうとした。姉は離さなかった。

「私の顔、嘘をついてるように見える？」

どんなに長い間、ぼくは姉を見つめていたことだろう。翳《かげ》りのない、思わず陶然と頬をすり寄せていきたくなる、その美しい顔から無理矢理目をそらすと、ぼくはうなだれて言った。

「そんなこと、どうして、わざわざ地下室でやらなきゃいけねェんだよ」

「それが約束だったんだもの……」

「だから、どんな約束なんだって訊いてるんじゃねェか」

「修平が二十歳《はたち》になったら、私たち、あの別荘から出て行くの。それで、塩沢湖の近くか、千ケ滝の方か、どっちにしても、私たちが決めた場所に土地を買ってもらうのよ。喫茶店を開くか、それともペンションにするかは私たちの自由だけど、その費用は全部、布施金次郎が出してくれる。それが約束よ」

「それまでに姉ちゃんが出て行ったら、どうしてその約束は無効になるんだよ」

「私は知らない。でも、中学生になったとき、父さんと母さんに頼まれて、言われるとおりにしてたの」

「知らないくせに、あの男と地下室でチェスをやったり英会話を教えてもらってたって？　そんなこと、簡単に信じるとでも思ってるのかよ。俺だって、もう男と女がどんなことをするのかぐらい、知ってるんだぜ」

「私、修平が考えてるようなこと、一度もあの地下室でしてないわ。でも、誰が考えたって、私とあの人とが、こっそりと地下室でそんなことをしてるって思うでしょう。あの人、自分の奥さんに、そう思わせたかったのよ。それが判ったのは高校生のときよ。それまでは、なんだかわけが判らないまま、チェスのお相手をしてたの。最近はねェ、十回のうち八回は私が勝つのよ。チェスって面白いんだから。こんど修平にも教えてあげる」

ぼくが言葉を喪ったのは、姉の話に納得したからではない。黯々《くろぐろ》とした疑念が、さらに大きくなり、水面に落とした一滴の油のように、幾つかの色模様を生み出しつつぼくを覆ったからだった。姉は、ババロアを食べるよう促し、手を離した。幾つかの色模様……。それを十七歳のぼくがひとつに混ぜ合わせ、ある明確な単色に浮かびあがらせることなど、どうして出来得よう。ぼくには、問いただしてみたいことがいっぱいあった。あの夜の父と姉の会話の意味は、姉の説明では結局たったひとつの謎しか判明しないのだ。（約束）とは何だったのかという答えだけである。しかし、父は確かこう言った筈だった。——あの男は、嬉しくって飛びあがりてェだろうよ——。それに対して、姉は、でも私たちはここを引き払わなくてはならないのではないかと言った。——いや、そんな必要はねェや。約束は守ってもらうぜ——。それは、夫人が死んだら（約束）の遂行がなされないかもしれないという意味が含まれている。（約束）は、なぜ姉が別荘から出て行ったら反古にされるのか。なぜ夫人が死んだら遂行されないのか。前者の疑問に、姉は、知らないと答えた。そう答えておきながら、姉は、布施金次郎が地下室で、別荘番の娘と淫靡《いんび》な時をすごしているというふうに夫人に思わせておきたかったのだと言った。それが判ったのは高校生のときだと。だとしたら、なぜ自分がいなくなれば（約束）が反古にされるのかを、姉は知っていなければならない。

ぼくは、ババロアには手をつけず、顔をあげて姉にきつい目を注いだ。

「父ちゃんはこう言ったよな、声を震わせて、俺は何のために、犬畜生みてェに、あの野郎にしっぽを振ってきたんだって……。何のために、ぶっ殺してやりたいのを辛棒してきたんだ。俺がどんな思いで今日まで来たか、美保は判ってる筈だぜって……。あれはどういう意味なんだよ」

「父さん、気が動転してたのよ。修平があんな事故を起こしたから……。それで、わけの判らないことをわめきちらしたんだって思うよ」

「俺をよっぽど馬鹿だと思ってんだな。みんな、よってたかって、とんでもねェことやってんだ」

ぼくはそう言って、スプーンを取り、ババロアをぐじゃぐじゃにすりつぶした。ちょうどそのときだった。何枚かのビラをかかえた若い男と女が喫茶店に入って来た。ふたりは店の主人と何やら話をしていたが、そのうち主人が、

「百万円！」

と大声で叫んだ。ふたりは店の壁に一枚のビラを押しピンでとめ、主人に礼を言って小走りで出て行った。客の何人かが、どうしたの、とか、なんだよう、とか言いながら、椅子から立ちあがってビラの文面を覗き込んだ。たちまち店内は騒然とし、驚愕や感嘆や侮蔑のないまぜになった話し声が入り乱れた。姉はビラの傍に行き、しば

らくしてぼくを呼んだ。ビラにはこう書かれてあった。

メスのペルシャ猫が七月十三日の夕刻、万平ホテルの近くで行方知れずになりました。

みつけて下さった方には

謝礼として百万円お支払いします。

・名前　ジョゼット

・特徴　毛は銀色がかった灰色

　　　　左目は青緑色で右目は灰色

ビラの最後には連絡先の電話番号と住所、それに猫の飼い主の名前がしるされてあった。

「おい、テニスなんかやってる場合じゃねェよ。誰かマタタビ買ってこいよ。猫捜しだ。百万円だぜ」

「野良猫と違ってさァ、こんな猫は、そう遠くには行かないもんだよ。万平ホテルの周囲二キロってところだな」

最初は冗談めかしていたが、そのうち真顔になって、何人かの若者たちは、「ジョゼットちゃーん」と呼びながら喫茶店から走り出て行った。姉は席に戻ると、喫茶店の主人に話しかけた。

「あの猫、百万円もするんですか？」

「いや、どんなに高くたって十四、五万てとこでしょう。飼い主は新婚さんでね、ヨーロッパに新婚旅行に行くとき、新婦さんが猫も連れて行きたいって泣きじゃくったって話ですよ。亭主が行方知れずになっても、こんな真似はせんでしょう。でも、猫がいなくなってずっと泣き暮して、食べるものも食べないんで、奥さんの両親が懸賞金を出したそうです」

「さっきのおふたりがそのご夫婦ですの？」

「いや、友だちです。ご夫婦は毎日この店に来て下さるんで、猫がいなくなったことは私も知ってましたがね、まさか百万円の懸賞金とはねェ。あくせく働いてるのが、なんかみじめになってきますなァ」

そして主人は、案外、犯人はご亭主かもしれないと言って笑った。

「自分よりも猫の方を大切にされたら、私だって頭にきますからね」

ぼくはぐじゃぐじゃにつぶしたババロアを食べた。それはじつに濃厚でありながら、香料とか材料の名残りを何ひとつあと口に残さない不思議な出来栄えの菓子だった。

「ほんとだ。おいしいや」

とぼくは呟いた。

「でしょう？　きれいな形のまま食べたら、もっとおいしいのに」

そのあと、姉が初めて、ある暗さを宿した目で言った言葉を、ぼくはきょうまで折あるごとに思い出してきた。ぼくが夫人を殺したのは七月十五日で、ぼくたち一家が布施家の別荘から去ったのは八月十七日の夜だった。そのわずか一ヵ月のあいだに、姉は何ひとつ自分の本心を明かさなかった。だから、ぼくは姉のそのひとことを、姉というひとりの人間を分析し理解し得る唯一の鍵みたいに思っている。姉はこう言ったのである。

「でも、きれいな形のままで食べちゃおうなんて無理よね。お金持ちって、人間をそうやって食べたがるのよ。食べたものが口の中でどうなってるのか考えたり出来ないの。私、お金持ちになりたいわ。口じゃなくてお金で、何もかも食べてやりたいわ」

それは、この十五年間に、あるときは闘争心に満ちたものとして、あるときはどうにもならない諦観の吐露として、あるいは退廃的に、あるいは挑戦的に、ぼくの心の中に甦ってきた。言葉の響きは、ぼくのその折々での精神状態によって変化したが、姉の表情はいつも同じだった。暗く愁いを帯び、ほんのりと色香を漂わせて気高いのである。

姉はふいに笑顔を浮かべ、身を乗り出した。

「ねえ、私たちも猫捜しをしようか」

「百万円だもんな」

とぼくも笑い返した。

「でも、ここのご主人の推理が当たってたとしたら無駄骨ね」

「俺、ご亭主の手を見たら判るよ」

「どうして？」

「犬を殺すのは簡単だけど、猫を殺すのはひと苦労なんだ。どうせ金持ちのドラ息子だもん、首をしめたらあっさり殺せると思ってるよ。そんなことしてみろ、爪でひっかかれて両方の手の甲に何十本もひっかき傷が出来るよ。凄いんだぜ、猫の暴れ方って」

ぼくは高校の友人の体験を、姉に語って聞かせた。友人は中軽井沢駅の近くにある食料品店の息子だった。学校から帰ると必ず六時まで店の留守番をさせられる。それは、両親が新興宗教に凝って、長い白髪を肩まで垂らした女教祖にご祈禱《きとう》を受けなければならないからだった。夕方が店のかきいれどきだと言うと、だからこそ、その時刻に祈禱を授けるのだと一喝され、しぶしぶ出かけて行くのである。ところが、友人は客が入ってきたときだけ店に出て、あとは奥の座敷でテレビを観ている。そのあいだに、近所の酒屋が飼っているトラ猫が侵入してきて、サケの切り身とか干物とかを盗んでいくのだった。何日かたつうちに、猫に盗み去られた商品の額は相当なものになった。友人は両親になまけていたことを強く叱責された。彼は、酒屋に抗議をした。すると、証拠はあるのかと、けんもほろろにあしらわれた。ある日、その猫が自転車の荷台でひなたぼっこをしながら眠っていたので、彼はあたりを窺い、そっと忍び寄り、首根っこを押さえた。彼に殺す気はなかった。少々こらしめてやるつもりだったのである。しかし、一瞬のうちに、彼の手の甲の肉は幾筋も裂け、血まみれになった。それで、彼に本気の殺意が生まれた。ところがそれ以来、猫は彼を見ると、しっぽを太く膨らませ、素早く逃げ去ってしまう。彼はなんとか殺そうとしてあの手この手を使ったが、猫を捕えることは出来なかった。

「とにかく、ひどいひっかき傷だぜ。そいつ言ってたよ。俺がもう音《ね》をあげて、殺す気なんか毛頭なくなったら、猫のやつ、俺が傍を通っても知らん顔してひなたぼっこしてやがる。もうこりごりだって……。お前、仇をうってくれって言うんだ。口悔しくってたまんねェよ。うまく仕留めてくれたら俺のギターをやるよ。そう頼まれたんだ」

その猫は、ぼくを知らない。ぼくは友人のギター欲しさに承諾した。首をしめて殺せないことは実証済みだった。友人が作戦を練った。天気のいい日、猫は酒屋の近くの空地に積んである材木の上で眠り呆けていることが多い。友人はぼくにバットを渡し、これで頭をガツンだぜ。そしたらいちころだよ、と言った。ぼくは、何気ないふりをしてバットを肩に載せ、初夏の太陽のもとで眠っている猫に近づいて行った。猫は薄目をあけてぼくを見やった。ぼくは猫から視線をそらし、横を通り過ごすと見せかけた。それなのに、猫は背中の毛を逆立て、しっぽを膨らませると、一目散に逃げて行った。

ざっとあらましを話して聞かせ、ぼくは姉に、

「なっ、判るだろう？　首をしめては殺せないし、畜生ってのは、何か特別な勘を持ってんだ。不思議な勘だよ。猫は、その中でもとびきりすげえんだ。こっちの心を察知する能力ってのは、魔法使いみたいなんだから」

と説明した。姉は妙に熱心に、ぼくの話を聞いていた。話を聞き終えてからも、ぼ

くの顔から視線をそらさなかった。いまになれば、なぜ姉がそのとき気味悪いくらい、ぼくを見つめたのかが判る。姉は、ぼくの話に興味を抱いたのではなく、中古のギター欲しさに、何の恨みもない猫を殺す役目をあっさり引き受けたぼくから、多くのものを感じていたのに違いない。あるいは姉はそのとき、自分の父と母が、自分の弟が、否応なく自分と同じ血で結ばれた者たちであることを烈しく認識したのかもしれないのだった。

姉は勘定を済ませ、もう一度ビラに目をやってから、上山田に行くか上高地に行くか決めるように言った。ぼくは、さっきと同じ返事をした。どこにも行きたくない、と。とりあえず喫茶店を出たが、矢ケ崎川の石橋のたもとに坐り込んだぼくの手を、姉は笑顔で引っ張り、なんとか軽井沢以外のところに連れて行こうとして優しく説得をつづけた。ぼくとて、布施金次郎や恭子や志津と顔を合わせたくなかった。けれども、軽井沢にいる方がいいと考えたのは、絹巻刑事に怪しまれたくなかったからである。ぼくは、絹巻刑事に見張られているような気がして仕方なかった。殺人というものが、そう簡単に、不慮の事故として結着がつくとは思えなかった。気がつくと、電柱やレストランの壁などに、ペルシャ猫の行方捜しを依頼するビラが貼られていた。人々の口からは、ビラを見るたびに必ず「百万円!」という驚きの声が洩れていた。

万平ホテルの方から自転車でやって来たアメリカ人の少女たちまでが、その青い目を大袈裟に見瞠《みひら》いて「ヒャクマンエーン」と叫んだ。カケスの鳴き声が森のあちこちから聞こえた。アカハラの「キョロン、キョロン」という独特の囀《さえず》りも混じっていた。あらかた花弁のしおれてしまったウツボグサの廻りを、大きなカラスアゲハが二匹はたはたと舞っていた。

「俺、帰るよ」

ぼくは姉を見あげて言った。

「帰ってどうするの?」

「俺がやったことには間違いねェんだから、やっぱり、ちゃんと謝らなきゃいけねェだろう?」

「謝るって、どう謝るの? 謝られる方も、どう答えたらいいのよ。逢わない方がいいのよ。だから、父さんも母さんも、修平を私に預けたんじゃないの」

いっときも早く、布施家の別荘から出て行こう。別荘番の息子がこんな事件を起こし、なおかつ、一家が布施家で働きつづけるのは、世間の常識から考えても不自然ではないか。ぼくはそんな意味の言葉を姉に投げかけた。姉は微笑みつつ頷き、

「ことしの夏が終わったら、出て行くことになるわ」

と言った。

「だって父ちゃんは、約束を守ってもらうまでは出て行かねェつもりなんだろう?」

「布施家の人たちだって、私たちに出て行ってもらうしかないことぐらい判ってるわよ。だから、予定より三年早いけど、あの人は約束を守るわ」

ぼくは不吉な予感に襲われて、草むらから腰をあげ、森の道を本通りに向かって歩き始めた。姉はうしろから、どこへ行くのかと訊いた。ぼくは口からでまかせに言った。

「ペルシャ猫を捜すんだ。百万円だからな」

姉はぼくを追って走って来ると、横に並んで歩きながら、

「どうして本通りの方へ行くの?」

と訊いた。ぼくは猫を捜す気などなかったが、姉の誘いを拒むために思いつきの推理を話して聞かせた。

「喫茶店のおじさんが言ったことは、だいたい当たってるよ。犯人は亭主だ。ところが、殺そうとしたんだけど逃げられちまった。まず車に乗せて、こっそり遠くへ捨てに行こうって考えるよ。犬もそうだけど、猫も、遠くに捨てられたって、ちゃんと帰って来るんだぜ。だけど、自分の奥さんが大事にしてる猫を車に乗せて、絶対に帰っ

でこれないような場所に時間をかけて運んだりしたら、一番最初に怪しまれるのは自分じゃないか。そしたら、そんなに遠くに行けない。だって、猫がいなくなったとき、自分もどこかに行方をくらましてたんだから。そうすると、俺だったらどうするか。せいぜい往復二十分ぐらいで、うまく猫を殺せるところ。俺だったら、雲場池で溺れさすよ。籠に入れて沈めるんだ。中に二、三個石でも入れといたら、当分は浮かんでこねェからな。俺や、俺の友だちだったらそうするよ。なにしろ、猫が魔法使いだってことを知ってんだもん。籠に入れるのもひと苦労だぜ。でも入れてしまったら猫を殺せる。誰も見てないのを確かめて、池に放り投げりゃいいんだ」

「その人は、そこまで考えなかったってわけね？　簡単に殺せると思って、籠に入れなかったんだ」

「ご明答。池のほとりまでは行っただろうけど、放り投げる前に逃げられたんだ」

「じゃあ、どうして、その猫、帰ってこないの？」

「誰かに拾われたか、リスでも追っかけてるか……」

「そりゃあ、誰かに拾われたのに決まってるわ。十日間も何も食べないで生きてられる筈ないもの」

「雲場池の周辺の別荘や喫茶店に居候してるんじゃないかな」

「修平の推理に、私も賛成」

ぼくと姉とは、本通りの貸し自転車屋に入った。それぞれ自転車に乗って、本通りを横切り、雲場池への曲がりくねった道を進んだ。だが、ビラは雲場池の周辺にも貼られていた。姉は声をあげて笑った。

「かりに久保刑事の推理が当たってても、百万円は他の人のものね。このビラを見て、猫を拾った人は慌てて飼い主のとこへ行っちゃってるわ」

姉は、茶化して（久保刑事）と言ったのであろう。だが絹巻刑事に怯えているぼくは、次第に息が荒くなり、顔色も青ざめていった。もし、あのとき姉が刑事という言葉を使わなかったら、ぼくはあるいは、姉の執拗な誘いに根負けして、上山田の温泉か上高地の旅館で何日かを過ごしていたかもしれないのである。ぼくは、布施家の別荘の隅の、ぼくたち一家の住まいに自転車を走らせた。姉の呼ぶ声が何度も聞こえた。聖パウロ教会の前で、ぼくは自転車から降りた。そして、やっと追いつき、息を弾ませてぼくを見入っている姉に、自転車を返しておいてくれと言い残し、駆け出した。貸し自転車に乗った若者たちと自動車とが混み合って、姉はそれ以上ぼくを追いかけてくることは出来なかった。幼い頃、遊び友だちのいなかったぼくと姉は、しょっちゅうふたりきりで遊んだものだった。森の中や草原で追いかけっこをして、木にぶつかったり、草むらで転んで絡み合ったりした。しかし、そのときを最後に、姉は永遠に、ぼくを追いかけることをやめたのであった。あのとき、ぼくをさらに追いかけて、家に帰るのを引き留め、ぼくをうっとりとさせる一種蠱惑《こわく》的な、それでいて気品をたたえた微笑でなだめてくれていたら、といまでも考えたりする。いや、それよりも、金持ちの馬鹿娘に飼われているジョゼットというペルシャ猫を捜すビラが、あの時点でまだ雲場池の周辺に貼られていなかったら、と悲痛な怒りを抱いたりもするのである。

ぼくは旧三笠ホテルの前を通らず、M家の別荘の庭を這い、小径に出、遠廻りをして布施家の別荘の裏から敷地内に入った。そして、家の戸をあけた。父も母もいなかった。ぼくは座敷にあおむけに寝転び、ただひたすら夏が終わってくれることを願った。絹巻刑事に対する怯えが、ぼくの杞憂《きゆう》であることを願った。ぼくは簞笥の上の置き時計を見た。もうそろそろ布施金次郎一行が、駅に着く時刻だった。そのとき、壁の外から母の声が聞こえたのである。ぼくはてっきり、父も母も、駅に出迎えに行っているものとばかり思っていたのだった。しかし、そうではなかった。父と母は外の壁に凭《もた》れて口論していたのであった。

「父ちゃんの気の小さいのには、あきれるわ。どうして、もうちょっと辛棒出来ないのよ」

「これ以上、まだ辛棒しろってのか。お前はいつからそんな女になっちまったんだ。えっ、最初からだったのかい」

「もう、そんなこと、どうでもいいのよ。父ちゃんがあの男に話をもちかけられて、分《ぶん》をわきまえないで引き受けたとき、私はいつか自分は気が狂うんじゃないかって思ったよ。あさはかだったのよ、父ちゃんは……。私は、気が変になるくらいなら、反対に相手の頭を狂わしてやろうって思ったのよ。美保は私の娘なんだよ。私が産んで育てたんだ。なのに、私はあの娘《こ》が怖くてたまらない。何を訊いても、へっちゃらな顔して、きょうはチェスを五回やったとか、きょうは英語の詩を教えてもらったとか、それ以外のことは何ひとつ言わないんだもん。中学生のときからずっとだよ。でも、そんなことがある筈はない。一緒にお風呂に入ったら、ちゃんとあの娘《こ》の体に書いてある。私には判るのよ。あの娘《こ》が、あの男のおもちゃになったのは、中学二年の終わりころよ。私は女だから、母親だから、服の上からでも判るのよ」

「もうやめねェか。耳にタコが出来るくらい聞かされてきたよ」

「だったら、どうして修平に地下室のことを教えたのよ。アトリエの壁のことを教えたりしたのよ」

「俺はなァ、もう金なんかどうでもよくなってきたんだ。もうここから出て行きたかったんだ。ちょうどそんなふうに考えてたとき、修平に納戸の自転車のことを訊かれたんだ。どうにでも誤魔化しようはあったさ。だけど、俺は美保の父親なんだぜ。俺は人間じゃねェ……。そう思ったら、血の涙が出そうな気がして、つい、ばらしちまったんだ」

父と母の声は途絶え、急ぎ足で遠ざかって行く足音が聞こえた。やがて、夫人のいなくなった布施一家を乗せたタクシーのクラクションが鳴った。

5

ぼくは一時間近く畳に寝そべっていた。手足が異様に冷たく、心臓はあたかも頭の中で動いているようだった。ぼくは、父と話をしていた人間が、自分の母だとはとても信じられなかった。ぼくは幼いころ、春の、夏の、秋の、可憐な花を摘み取ってきて、それで母の髪や胸を飾るのが好きだった。母は照れ臭そうに笑いながらも、ぼくの気が済むまで花を身につけていてくれた。そんなときの母は、初めて口紅を塗った少女みたいに口数が少なくなり、ぎごちなくすました顔をしたり、わざとつっけんどんに、ぼくのズボンからはみ出しているシャツの裾を整えてくれたりした。ぼくがどんないたずらをしても、母は声を荒らげて怒ったことはない。ぼくの頬をつねるときも、尻を叩くときも、表情にはかすかな微笑が沈んでいた。だからぼくは、そんな母に叱られたくて、いたずらをやってのけることもしばしばあったのだった。しかし、父と話をしていた母の口調は、下品で強欲な女のそれであった。

（約束）だ、とぼくは思った。あの、布施金次郎とのあいだで交わされたという（約束）が、美しい無口な、素朴で上品な母を変えたのだ。（約束）は、母だけでなく、姉の美保まで巻き込んで、得体の知れない空恐しい娘に育てあげた。ぼくはそう思ったのである。

「ぶっこわしてやる」

ぼくは吐き捨てるように言って起きあがった。土地を買ってもらうことも、商売のための資金を出してもらうことも、いったいそれが何だ。そうやって得るものは、おそらくぼくたち一家がすでに喪ったものと比べて、数十倍、いや、数百倍もちっぽけな幸福に違いないだろうから。

ぼくは別荘の玄関に向かって歩いて行った。たとえ、その場に父や母が居合わせても、恭子や志津が居合わせても、ぼくは布施金次郎に、自分の知っている事柄をすべてぶちまけて、（約束）を、なかったものにしてやるつもりだった。ぼくは玄関の扉をあけた。だが、居間にも、応接間にも、誰ひとりいなかった。ぼくはスリッパを履き、二階への階段を昇った。布施金次郎の書斎のドアをノックした。返事が聞こえたので、ぼくはドアをあけた。書斎には布施金次郎だけがいた。彼は、ぼくを見ると、少し驚いた様子だった。ぼくに、ドアをしめて中へ入るよう促し、

「仕方がなかったんだ。きみが悪いんじゃないよ」

と言った。そして回転椅子に坐ったまま、ぼくと向かい合った。布施金次郎は血色も良く、その端正な顔立ちには以前よりいっそう風格が増し、どう見ても、つい七日前に妻を不慮の事故で喪くした男には見えなかった。ぼくは、静まりかえった書斎に響く、自分の烈しい息遣《づか》いの音を聞いた。怒りにまかせて布施金次郎の前に立ったものの、ぼくは何をどうきりだしたらいいのか判らなかった。

「心配しなくていいんだ。私は、きょうにでも警察に行って、修平君のことについて、寛大な措置をお願いしてくるつもりだよ。被害者の夫が、じきじきに申し出たら、過失致死罪でもたぶん不起訴処分になるだろう。きみはまだ未成年者だし、思いもかけない事故だったんだからね。東京にいる私の弁護士に相談しても同じ意見だったよ」

その言葉は、ぼくの中で燃えさかっていたものの勢いを急速に弱めてしまった。

「警察の人は、ぼくがわざとやったんじゃないかって思ってるんです」

「刑事がそう言ったの？」

「いえ、ぼくはそんな気がするんです」

金次郎は無言で何度も頷き、銀製のシガレット・ケースから煙草を取り出した。

「もし、私が君だったとしても、やっぱりおんなじことを思うだろうね。あやまって皿を落とし、それで誰かの足に怪我をさせたというのとは違って、ひとりの人間を死なせてしまったんだからね。そういう意味では、君も被害者だ」

そう言って、ぼくに、書斎の壁ぎわのソファに坐るよう勧めた。ぼくはソファに腰を降ろし、本棚を見つめた。どんなに目を凝らして捜しても、さかさまに立てかけてある本は一冊もなかった。それを確かめた瞬間、ぼくは突然、金次郎に言った。なぜ、そんな言葉がふいに口をついて出たのか、ぼくにはいまもって解せないでいる。

「約束のお金を下さい。ぼくたち、ここから出て行きますから」

金次郎は、煙草を喫おうとして、ガスライターに火をつけたところだった。彼は、煙草を唇に挟み、ライターの火を消すことも忘れて、ぼくに視線を注いでいた。

「約束の金……？　何のことかな」

「ぼくは、旦那さまと姉とが、地下室で何をしてたかを知ってます。全部、姉が教えてくれました。約束のことも聞きました」

金次郎は結局煙草に火をつけないまま、ライターの蓋をしめた。それからゆっくり立ちあがり、あけはなっていたガラス窓をしめ、カーテンもしめると、ぼくに回転椅子に坐るよう言った。ぼくはソファに坐ったまま、薄暗い書斎に突っ立っている金次郎を睨みつけていた。

「持ちつ持たれつの関係は、君がこわしたんだよ。共存共栄というものが成立しなくなるのは、必ず一方が負い目を作ったときだ。政治も商売もね。カーテンをしめていると、外から中は見えないが、中からは外の出来事が見える。このカーテンは、そんなにぶあつくないからね」

金次郎の言葉を聞いている途中から、ぼくの手も膝も震え始めていた。

「確かに、私は約束をした。しかし、君の一家は負い目を作った。私にはねェ、君は倒れたんじゃない、力まかせにぶつかっていったんだとしか思えないねェ。ここから、カーテン越しに見てたんだよ。この目でだ」

震えているぼくは、布施金次郎もまた震えているのに気づいた。十七歳で、よくもまあそんなかけひきが出来たなと、人は思うだろう。そんな人には、ぼくはこう答える。あなたは、人間に対する理解が浅い。年齢と感受性とは比例しない。まして、異常な状況下のもとで、それを感知しながら育った者は、すでに心が年齢を超えているのだ、と。

「布施金次郎さんに頼まれたんだって、俺は言ってやる。ずっと前から、あんたはチャンスを待ってたんだって。アトリエの隠し扉を見ろ。地下室のベッドを見ろ。そう刑事に言ってやるさ」

ぼくはそう叫んだのであった。すると、布施金次郎は震えを誤魔化そうとして、書斎を行ったり来たりし始めた。

「君の何の根拠も証拠もない言葉と、私の見た光景と、警察はどっちを重くみるだろうねェ。それに、君はいま、はからずも私を脅迫したことで、自分がやったと白状したわけだよ」

「警察は、どっちも重くみるさ。それに、カーテン越しに見てたのに、なぜすぐに警察に言わなかったかってことが問題にされるよ。俺は、もうどうでもいいんだ。この豚の住んでる別荘から出て行けるんなら、刑務所だってどこだって、かまやしねェんだ。姉ちゃんを、おもちゃにしやがって。母ちゃんにも、おかしなことしたんだろう、おめえ！」

ぼくは立ちあがり、机の上にあったハサミを持つと、金次郎に近づいて行った。ぼくはその年、すでに布施金次郎よりも体が大きくなっていた。彼はぼくに、落ち着くようにと言った。自分は、約束を果たすために、初七日を終えてすぐに別荘に帰って来たのだから、と。

「じゃあ、どうして、さっきしらばっくれて、反対に俺を脅したりしたんだ」

「この約束を、まさか君が知ってるとは思わなかったからだよ。君の両親も姉さんも、修平にだけは内緒にしてあるって、私に常々言ってたからね」

「そんなの、言い訳になってねェよ。それだけだったら、俺を脅す理由なんかないじゃねェか」

金次郎は、それまでぼくが坐っていたソファに腰をかけて、何事か考え込んでいたが、やがて言った。

「修平くんは、なぜ、私の家内を殺したのかね」

ぼくは、殺したのではないと答えた。

「カーテン越しには、俺がわざと門柱にぶつかったみたいに見えたかもしれねェけど、俺は、ほんとに支えきれなくなって倒れちまったんです。俺が奥さまを殺す理由なんかありゃしねェや」

金次郎の震えはとまっていた。彼はまた何度も無言で頷き、

「私は君に失礼な憶測を言ったようだね。ここから見ると、なんだかそんなふうに見えた。私の錯覚だろう」

と言った。だが、ぼくの嘘も、それに応じ返した金次郎の嘘も、お互い判り合っていたのだった。金次郎は、カーテンをあけて欲しいと言った。そして、ハサミも机の

上に戻してもらいたいと、笑みを浮かべて頼んだ。ぼくは言われたとおりにした。緑の匂いが、ひんやりとした空気と混ざり合って、書斎を満たした。アカハラが、敷地内のどこかで鳴いていた。ぼくの心の一角には、ついに決壊した堤防と、そこから溢れ出た黒ずんだ濁流のあてもなく真っすぐに突き進んで行く光景があった。果てしない絶望が、ぼくを自暴自棄にさせ、同時に、荒らだっていた精神をいさめた。

「君はさっきお姉さんをおもちゃにし、お母さんにも変なことをやったんだろうって、私に言ったね。私は自分の名誉のためにも、その誤解を解いとかなきゃいけない」

金次郎はそう言って、いったん口をひらきかけたが、沈痛な面持ちで物思いにひたり、いつまでたっても喋りだそうとはしなかった。

「誤解を解くんでしょう？　どうして黙っててんですか？」

ぼくは待ちきれなくなって、そう促した。

「私の名誉が大切か、きみのこれからの人生の方が大切か、考えてたんだ。しかし、さっき、君も私を脅した。大きくなったもんだ。私は君を生まれたときから知ってる。私は君をいまだに七、八歳の子供のように思ってたよ。とにかく君は、私の息子ではないけど、この私の別荘で生まれて、きょうまで育ってきたんだからね」

布施金次郎は、机の上のシガレット・ケースとライターを取ってくれと言い、やっと一服して、煙を大きく吐き出した。

「私は軽井沢というところが好きだ。ほんとは、妻や娘たちなんか連れてこずに、ひとりっきりで夏をすごしたかった。最近は人も多くなって、うさん臭い人間もうろつくようになったけど、それでもまだまだたくさんの宝物がある。私はねェ、車も自転車も通らない小径を縫って、あちこち散策してると、好きな詩や小説の一節を思い出して、まるでそれを自分が創ったみたいな気分になる。ときに芸術家になったり哲学者になったり、ときに思春期の少年になったりもするんだよ。まあ滅多にないが、事業家の目で、小川のせせらぎに見入るときもある」

金次郎は再び口をつぐんだ。そしてずっと立ったままのぼくを見つめ、

「やっぱり、まだ早い。この話は、まだ君には早すぎるよ。しかし、いつか必ず君に話して聞かせよう。君が本当におとなになったときにしよう。それまで、私は君の誤解を甘んじて受けておこう。機会を見て、私は書き残しておくよ。こんな話は、文章にした方がいい。口にしてしまうと、大切なものが消えて、汚ない、いやな部分だけが増大されるからねェ」

と言った。

「いつかって、いつですか？」

　そうぼくは訊いた。

「君が、夫となり、父となったときにしよう」

「俺たちは、ことしの夏が終わったら、この別荘から出て行くんです」

　金次郎は微笑み、

「約束するよ。そのとき君がどこに住んでいようが、私は、自分の書いたものを、きっと君のもとに送り届ける」

　と言った。ぼくは書斎のドアのノブに手をかけたまま振り返り、〈約束〉は、なぜぼくが二十歳になるまで遂行されないのか、なぜそれまでに姉が出て行ったら反古にされるのか、それだけはいま教えてもらいたいと言った。君には少し難しいだろうがと前置きし、布施金次郎はこう説明した。

「私の会社の株は、妻が二十パーセント所有してる。私たち夫婦の場合、妻のものは夫のものという具合にはいかないんだよ。その二十パーセントの株券は、名義は妻だが、実際は妻の実家である森財閥が握ってる。しかも、森財閥は別にもう二十パーセントの株を持ってる。合わせて四十パーセントだ。私は、相手がその気にさえなれば、いつでも社長の座を追っぱらわれる立場にいた。私は何年も前から信頼出来る部下と相談して、会社の資本金を大幅に増やす計画をたてた。そうすれば、その四十パーセントの株は、十・七パーセントの比率に変わる。下準備を整え、森財閥の圧力にも屈しないだけの力を持つには、十年の年月が必要だという計算がたった。その計算がたったのは七年前だ。君が十歳のときなんだ。だから、修平君が二十歳になったとき、という約束になった。ところが、妻が思いがけず死んだために、妻名義の株は私のものになった。法律上では、そういうことになってしまう。そうなると、資本金を増やす必要もなくなったし、君たち一家が、いつこの別荘から出て行ってもかまわないことになったわけだ。私は、自分の金を、自由に使えるんだからね。私は、これまで飼い犬だったんだよ、森財閥のね。苦労したよ。小口の株主から、五口とか十口の株を買い集めるのは非常な危険が伴った。森一族に気づかれたら、何もかもおしまいだ。いま、小口の株を極秘のうちに集めて、私の持ち株は六十二パーセントだ。残りの十八パーセントを森一族がかき集めても三十八パーセント。私の勝ちだ。妻の虚栄心と嫉妬心のおかげだよ。森財閥は、私の会社を支援する際、四十パーセントのすべてを所有しておけばよかったんだ。妻は半分の二十パーセントを自分が持っておくと言い張ったそうだ。それが、妻のよるべだったんだろう。自分たちが、愛情によって結ばれた夫婦ではないこと、それに、自分が不器量な女だという思いもあった。しかし、妻は勘違いをしていた。勘違いというよりも、人間がどんな生き物かを知らなかった。無理もないよ。大金持ちの家に生まれ、何ひとつ苦労もせず、世間も知らずおとなになったんだからね。だが、妻にも、いいところはあった。夫婦の愛情というものは、いつのまにか育って行くんだ。私の中で、それはやっぱり育って行きつつあったよ。ところが、妻が私を脅かすために、あるいはつなぎ止めておくために、二十パーセントの株を所有していることを知って、私の愛情は冷めた」

金次郎は次第に心が激してきたのか、早口になり、顔を紅潮させて、たてつづけに煙草を喫った。ぼくは、金次郎が妻を憎んではいても、殺してまでその二十パーセントの株を手に入れようとは考えていなかったのを知った。ぼくが二十歳になるまでという理由は判ったが、もうひとつの、姉の件はどうなのかと、ぼくは訊いた。布施金次郎はそれには答えなかった。それは、いつか君が目にする私の文章に書かれている筈だと述べた。

「書くよ。読むのはこの世で君ひとりだけの回想録をね。軽井沢日記とでも題をつけようか」

彼はそう言って笑ったのである。釈然としないまま、何か体《てい》よくはぐらかされたような気持を抱いたまま、ぼくは書斎から出、階段を降りた。判らないことだらけだった。布施金次郎の会社の増資計画と、ぼくたち一家と、いったい何の関係があるというのだ。そして彼は、ぼくの脅しで、なぜあれほどまでに震えたのだ。ぼくは、うなだれ、こんがらがった何本かの糸をほぐす気力も喪くした状態で広い玄関へ歩を運んだ。突然、

「お父さまは許してくれたでしょうね。でも、私は許さないわ」

という声が暖炉の傍から聞こえた。ぼくは、ぎょっとして立ち停まった。夫人の愛用していた籐製の椅子に、恭子が坐っていた。

「人殺し！」

そう恭子は憎悪の目で呟いた。彼女は黙っているぼくに向かって、さらに毒づいた。

「父親は手先が器用なだけの役立たず。母親と姉は甲乙つけがたい淫売婦。あなたは殺人鬼。よくもまあ、こんなに恐しい一家が、私たちの別荘の使用人になったもんだわ」

ぼくは、母と姉のことを淫売婦と罵倒されたことで、あるいは恭子は、金次郎が口に出来なかった話の内容を知っているのかもしれないと思った。

「志津さまは？」

とぼくは訊いた。

「自分の部屋で寝てるわ。妹は体が弱いの。ショックで疲れきってるのよ」

ぼくは、恭子をずたずたに切り刻んでやりたい衝動に駈られた。きっとぼくは、すでに理性を消失し、怒りと我欲の固まりと化していたのだろう。我欲とは、そのときのぼくにおいては、自己保身であり、布施一家をことごとく不幸の底に投げ入れてやりたいという欲望であった。

「奥さまを殺したのは、旦那さまですよ」

「それ、どういう意味」

恭子の高慢な顔立ちのどこかが、かすかに曇った。

「恭子さんの知らないことがいっぱいあるんですよ。それを知ったら、恭子さんは気が狂うさ。自分で調べてみるといいや。俺は何もかも知ってんだ」

ぼくは小走りで玄関まで行き、靴を履いて表に出た。恭子が、二階の金次郎や志津を気にして声を潜め、何度もぼくを呼び停めようとした。ぼくはかまわず門の前の道を歩いて行った。恭子が追って来た。ぼくは小径を曲がり、S家の別荘を通り過ぎ、森の中に入った。霧が這ってきた。三十分もしないうちに、霧は軽井沢を乳色の世界に変えるだろう。ぼくは、空模様を、自分の心でうごめき始めた狂気と、軽い頭痛とで、そう推し量った。ぼくが森の中に入ったのは、少しでも霧の少ない場所で、恭子と対峙したかったからである。

「どうして逃げるの？」

やっと追いついた恭子が、青ざめた顔で言った。

「母を殺したのは父だってのは、どういう意味なの。私の知らないことって何？　気が狂うって、どういうことなの。おかしなこと言うだけ言って逃げだすなんて卑怯だわ」

ぼくは、足元の繁みで渦を巻いている霧が徐々に膨れあがっていくのを見ていた。

「恭子さんの坐ってた場所の真下に、何があるか知ってますか」

ぼくは、あるいは恭子も地下室の存在を知っているやもしれぬと思いつつ、そうさぐりを入れた。

「下？　どこの？」

そうか、知らないのか。そう思ったが、ぼくは何食わぬ表情を装い、

「なんだ、知らねェのか。そのくらいの秘密は知ってると思って、うっかり口を滑らしちゃった。知らないんなら、それでいいんですよ。この霧、深くなりそうだから、早く帰った方がいいですよ」

と素っ気ない口調で言った。もはや、ぼくは決壊した堤防から溢れ出た濁流だった。いや、ぼくだけではない。父も母も、布施金次郎も、とうの昔に、水路を外れて、やむにやまれず、ジグザグに悲惨な結末へと突き進む濁流と化していたのだ。

鬱蒼《うっそう》とした森の中では、霧が、木肌や葉の一枚一枚に、乳色のすさまじい数の菌糸みたいにまとわりついてうごめいた。ぼくは憎悪の笑みを浮かべ、恭子に言った。

「居間の下には、だだっぴろい地下室があるんですよ。コンクリートの壁で囲まれた地下室が……。恭子さんのお父さんは、家族に内緒で、そこで何をしてると思いますか?」

恭子は周囲に視線を走らせた。布施家の別荘からそんなに遠くへ来たわけではなかったが、五、六メートルの視界しかない森の中に、ぼくと二人きりでいることに恐怖を感じたらしかった。

「居間の下に地下室があるなんて信じられないわ。入口なんか、どこにもないじゃないの」

「嘘だと思うなら、それでもいいや。でも、あるんだ。その地下室には、きれいな羽根蒲団とベッドが置いてあるよ」

「じゃあ、入口はどこなの」

「教えられねェよ。恭子さん、それを見たら、頭が変になるよ。見ねェほうがいいんだ」

「教えなさい」

恭子はヒステリックに命令した。ぼくは悪寒と同時に、烈しい怒りを感じた。きっと恭子は、ぼくの形相から、身の危険を察知したのだろう。少しずつあとずさりしながら、それでも最低の矜持《きょうじ》だけは保とうとした。彼女は高飛車な態度を一変させ、

「修平さんは、その地下室に行ったことがあるんでしょう？　だったら私をそこに連れてって下さらない？」

と言った。幾分おどおどと、けれども怖い物見たさの興味に駈られた目の輝きを隠せないまま。

「何度も行きましたよ。誰にも内緒で。そこは夏でもストーブが要るくらいひんやりしてるんだ」

「私も連れてって。私、自分の目で確かめたいわ」

「人殺し、にかい？」

「あなたが反対の立場だったら、どうしようもない事故だって判ってても、私とおんなじことを言ったと思うわ」

「俺は謝りてェんだ。だけど、どう謝ったらいいんです？　俺たちは、もうじき別荘から出て行きますよ。それしかないでしょう？」

恭子は、重ねて、地下室に連れて行ってくれるようぼくに頼んだ。ぼくは、ぼくの両親も、恭子の父も別荘にいないときでないと駄目だと言った。

「じゃあ、きょうの夜よ」

「きょうの夜？」

「父は、母が亡くなった日に弔問に来て下さった方たちの別荘へ御挨拶に行くわ。修平さんの両親は小諸に行ったわ。帰りは遅くなると思う」

「小諸？」

「父の用事でね。どんな用事かは、私は知らないけど」

ぼくは承諾した。時間をおけば、恭子は納戸の中をあちこち捜して、地下室への入口をみつけてしまうだろうと思ったからだ。ぼくはアトリエの隠し扉から、恭子を地下室に導きたかったのである。

恭子が逃げるようにして小径に姿を消したあと、ぼくは、苔の密生した樹の切り株に腰を降ろし、微熱の出て来た体を屈めて、布施金次郎の思わせぶりな言葉について考えた。——私の名誉が大切か、君のこれからの人生の方が大切か——。ぼくがもっともっとおとなになり、結婚して子供を持ったころでないと打ち明けられない話。それも、言葉ではなく文章にする以外、汚ない、いやな部分だけが増大される内容。ぼくの、これからの人生に支障をもたらす秘密。

ああ、なぜぼくは、ちょっとした自然現象によって発生する霧なんかで、精神を狂わされる病気にかかったのだろう。ぼくは、自分の将来に何の希望も抱けなかった。なぜなら、ぼくは人を殺したのだから。ぼくの全身を埋め尽くした乳色の菌糸は、生きる意欲も吸い取り、憎悪と絶望に栄養を与えた。

「無茶苦茶になりゃあいいさ」

ぼくはそう呟いた。ぼくは片方の掌を見た。かつて一度だけ姉の乳房に触れた感触は、決して消えずに残っていたのである。まだ膨らみきっていなかった乳房と、小指の先ほどもなかった乳首の感触は、微熱と悪寒と頭痛に耐えているぼくの性器に血液を充満させた。ぼくは姉の肉体を求めて立ちあがった。小径はS家の別荘に沿って曲がっている。ぼくはS家の低い石垣を乗り越え、門の横手まで歩いた。敷地のはずれを這えば、S家の人々が庭にいる場合でもみつからずにM家の庭にもぐり込める。そうやってM家の、ひいらぎの垣根をくぐると、布施家の別荘の裏側に入れるのだった。しかし、その日は這う必要はなかった。霧は深く、立って歩いても、S家の住人にもM家の住人にもみつかる気遣いはなかったのだった。

ぼくたちの粗末な住まいに明かりが灯っていた。それは姉の部屋だった。戸をあけて座敷にあがり、襖越しに、

「姉ちゃん」

と呼んだ。返事はなかった。

「恭子のやつに、人殺しって言われたよ。あいつ、それが言いたくって軽井沢に帰って来たんだ。だから俺、地下室のことを教えてやった。約束なんか、俺の知ったことか。みんな無茶苦茶にしてやるんだ。あいつ、びっくりしてたよ。夜、連れてってやるんだ。あの羽根蒲団とベッドを見せてやるんだ」

襖があき、姉がぼくを静かな目で見やった。

「止めないのか？」

とぼくは訊いた。

「かまわねェのか？　あいつを地下室に連れてって」

ぼくは、うっとりと姉の胸の膨らみに視線を注いだ。

「かまわないわよ」

それが、地下室に連れて行ってもいいという意味ではなかったのを、ぼくはすぐに

は解せなかった。姉は襖をしめ、

「かまわないのよ。父さんも母さんも、十時過ぎにならないと帰らないわ」

と言いながら、両手でぼくの頬を挟んだ。

「修平にお熱をあげてる娘《こ》が三人いるんだって。知ってる？」

ぼくはかすかに頷き、ふたりの同級生と、ひとりの別荘の娘の名を呟いた。

「修平は、そのうちで誰が好き？」

ぼくが口を開く前に、姉はこう言った。

「みんな、それぞれ可愛いけど、修平が一番好きなのは、私でしょう？」

姉は白いブラウスのボタンを外していった。ぼくの喉はからからになり、性器の血液は体のどこかに分散した。

「あさって、私、あの男からお金を受け取るの。二回に分けてくれって言われたけど、私は全額現金で欲しいって答えたわ。そしたら小切手で払うって言うから、現金でなきゃあ、こんどは私が約束を反古にするって断ってやった」

ぼくは姉の乳房を撫で廻したが、ひとかけらの歓びもなかった。といって、恐怖感もなかった。肉親でもなければ親戚でもなければ他人でもないという人間が、この世にいるということを知る機会は滅多にあるものではない。確かにぼくは、そのとき姉たの唇を吸い、乳房をもてあそんだ。だがそれはたとえば、織りあがったセーターをたたんで箱に入れるだけの作業を課せられた人が、無感情に手や顔を動かして、その仕事をこなしているのと同じだった。やがて退屈し、虚無が訪れ、自虐的になるという点も同じだった。

ぼくは姉の体から離れ、再び霧の中に出て行った。白樺の林を抜け、門を出て、本通りへの道を歩いた。本通りの賑わいは寂しかった。きらびやかな商店の明かりも、美しい少女の笑顔も、若者たちのふざけ合う姿も、夢の中の、白っぽく陰気な光景でしかなかった。ぼくはふと、いま来た道は、あの日、夫人が通った道だったなと思った。たぶん夫人は、この本通りの手前あたりで、娘たちに手を振って引き返して来たのだろう。そう思った途端、ぼくに初めて罪の意識が湧いた。懺悔の念が頭をもたげた。しかし、それは殺人者として逮捕されはしまいかという恐れに裏打ちされていた。ゆえに、真の懺悔ではなかった。罪を犯した人の多くは、罪をつぐないたいから懺悔するのではなく、報いを受けたくないから懺悔するのである。二種類の懺悔が、まったく別種のものだということを知らないうちは、人間は自分の睫《まつげ》を自分で見ることは出来ないのだ。まして自分の心などどうして見ることが出来得よう。

ぼくは、本通りを下り、トウモロコシを焼いている店とか、風変わりな服ばかり吊るしている店とかを覗きながら、いつしか駅の前に来ていた。ぼくは軽井沢駅の構内に設けられたベンチに何時間も坐り込んでいた。七時半に、恭子がアトリエの前でぼくを待っている筈だった。その時間が来ても、ぼくは坐っていた。ぼくは、父と母を待っていたのではない。けれども、十時前、長野からの列車が着き、改札口の向こうにふたりの人間の顔を見たとき、ぼくは、布施金次郎を殺そうと思った。一緒に小諸へ行った父の姿はなく、その代わりに布施金次郎が、母よりもかなりあとから構内を出て行ったのだった。母は列車の前部から、布施金次郎は後部から降り、素知らぬ顔つきで、別々のタクシーに乗ったのである。

6

精神が異常に混乱し、そんな状態が長くつづくと、人間は狂人になるか、それとも、あるひとつのものしか見えなくなるかのどちらかだ、とぼくは思う。ぼくの場合は後者であった。だが、その視力は強まるにせよ弱まるにせよ、拡がるにせよ狭《せば》まるにせよ、常軌を逸しているという点において、狂人と化すのと結果的には同じなのだ。

ぼくにとって、ひとつのものとは、布施金次郎と、彼の両腕の中にいる母と姉の姿だった。心に描いたその情景を、ぼくはひたすら凝視しつづけた。

七月二十三日の早朝、ぼくはカッコーの鳴く森の横を歩きながら、どうやって布施金次郎を殺そうかと考えた。小径《こみち》の表面にたゆとう朝靄《あさもや》は、木洩《こも》れ陽を浴びた部分だけ透明で、まるで無数の海綿の上を歩いているようだった。小径の彼方に赤い点が見え、やがてそれがひとりの娘の着ているワンピースであることが判り、その娘の顔と足元でじゃれつく小型のコリー犬がはっきり見えるようになるまでのわずかな時間に、ぼくは布施金次郎をいかにして殺害するか決めたのである。赤いワンピースの主は、ぼくに好意を抱いているという別荘の娘だった。東京や大阪に大きな店を何軒も持っている「三浦画廊」の末娘とぼくは、二年ほど前から言葉を交わすようになっていた。

三浦貴子は、ぼくに気づくと、自分の緊張を悟られまいとして、近くにいる犬に、

「ローナ、遠くへ行っちゃ駄目よ」

と呼びかけた。

「早起きなんだね。まだ六時だよ」

ぼくがそう言うと、貴子は少し鳥肌立っている腕をさすり、金持ちの末娘とは思えない控えめで清潔な微笑を向けた。

「軽井沢に来たら、いつもこの時間に犬を散歩させるの。雨が降ってるとき以外は毎朝……」

「へえ、毎朝？　じゃあ、俺が早起きしたら、あしたもこの時間にこの径で逢えるんだな」

ぼくのある意味を含んだ言葉を、貴子は、どんな表情で応じたらいいのか、まだ知

らなかった。ひとつのものしか見えなくなり、人殺しの計画を練っているぼくが、ほのかな恋の歓《よろこ》びにも酔っている。ぼくの中に生じた矛盾を整理するためには、どちらかを放棄しなければならなかったが、ぼくは布施金次郎も殺したかったし、貴子を優しく抱き寄せて、その口から恋の言葉を吐かせてもみたかった。育ちの良さが可憐さをいい方に際だたせて、貴子は去年よりも美しくなっていた。ぼくは、ふいに訪れた純な恋心に、自分自身うろたえたほどである。

遠くから見ると、貴子の服は松明《たいまつ》の火みたいだった、と言いかけて、ぼくは慌てて口をつぐんだ。

その代わりに、

「俺、朝寝坊だから、あしたも六時前に起きれるかどうか判んねェなァ」

と言った。そんな幼い恋のかけひきの最中にも、ぼくの中には松明の火が燃え盛っていた。

「私、いつも二時間くらい散歩をするの。でも、そんな遠くにはいかない。鎖をつけてないから、ローナが勝手に走りだしたりしたら困るでしょう。だから、この近くをぐるぐる廻ってるだけ……」

「二時間も？」

ぼくのいじわるな問いに、貴子は頰を赤らめ、こんどは本当に遠くへ行ってしまった犬の名を呼びながら、小走りで径を曲がり、姿を消した。森の奥から、

「さようなら」

という声が聞こえた。

「さよなら」

ぼくもそう言って、急ぎ足で布施家の別荘に帰った。父が広大な庭の草むしりを始めるのは七時過ぎで、それまでにぼくは思いついた計画の準備をしなければならない。

ぼくの勘は当たった。アトリエには鍵はかかっていなかった。夫人がこの世から消えたとなれば、もうアトリエに鍵をかける必要はないのである。物音をたてないよう気を配りながら、ぼくはアトリエの隠し扉から納戸に入り、地下室へ降りて行った。ワイン棚は三段になっている。ぼくは出来るだけベッドに近いところで、目につきにくい部分を捜した。ベッドに向かって左側の棚の二段目が、電球の光を受けていなかった。ぼくはワインの壜を三本抜き取り、地下室からアトリエの外へと出た。パレットナイフや使い古しの絵具をしまってある木箱の中にコルク抜きがあるのをぼくは知っていたので、アトリエを出るとき、それをポケットにねじ込むことも忘れなかっ

た。

　中学生のとき、ノートの切れっぱしに描き始め、やがて畳二枚分もの大きさになった何種類もの昆虫やムカデや蜘蛛による地図。ぼく以外誰も解せない軽井沢の迷路をあらわす地図は、ことごとくぼくの脳味噌に刻み込まれていた。それが、ぼくの計画を迅速に、しかも完璧に遂行させたのである。ぼくは、すでに地下室へ入る前から、黒地に赤い斑点の蛇が水色のクワガタ虫の横に長い隊列を成している絵柄を思い浮かべていた。それは布施家の別荘の西端に流れる幅狭いせせらぎなのだ。しかもそこは、ぼくたち一家の住まいからも、別荘のすべての窓からも死角になっている。ぼくはその地点に走った。ちょうど芝生は急な坂になってせせらぎへと落ちていた。だから、たとえ誰かが近くに来ようと、ぼくの姿は視界に入らない筈であった。ぼくは壜の口を覆う鉛《なまり》のキャップをはがし、コルクの栓を抜くと、ワインをせせらぎに捨てた。空になった三本の壜に、即座に抜けるよう浅くコルク栓を差し込み、再び芝生の坂を駆けのぼり、地下室へ戻った。そして元あった場所に置いた。あしたもう三本。あさって、さらに三本。九本もあれば充分だろう。ぼくはそう思い、頭の中の奇怪な地図を拡げた。

　ぼくはさっき、その地図が、自分の計画を迅速に完璧に遂行させたと言った。けれども、それは計画の準備を誰にも知られず成し遂げたに過ぎない。実際には、役には立たなかったのだ。ところがそのときのぼくは、自分だけが解読出来る地図によって鼓舞《こぶ》され、いきり立たされ、内部の魔を煽られていたのだった。そういう意味において、あの不気味な絵地図は、それなりの役目を果たしたと言える。

秘術を汲み出せると信じて礼拝していた曼陀羅《まんだら》が、ただの落書と何の変わりもない贋物《にせもの》だったとしても、それを拝んだ人の生命は、その曼陀羅と同化する。覚知するしないにかかわらず、同化するという恐るべき事実を、ぼくは身をもって知った。ぼくはどんな曼陀羅を拝んだか。蛇やムカデや蜘蛛や昆虫で埋まった曼陀羅に、己の命を帰依《きえ》していたのであった。

ぼくが別荘番の住まいに帰ったとき、父は顔を洗っていた。父の姿は、破れた雑巾のように映った。

「こんなに朝早くから、どこ行ってたんだ」

「目が醒めて眠れなくなっちまったから、近所を散歩してたんだ」

「どうして、美保と一緒に行かなかったんだ。おめェは、しばらくこの別荘にいねェ方がいいんだ。父ちゃんの言うとおりにしろ」

「俺、もう誰の言うこともきかねェ。俺は、父ちゃんも母ちゃんも嫌《きれ》えになった。姉ちゃんも嫌えだ。もうどうでもいいんだ」

　父は顔を拭く手を停め、タオルを持ったまま、じっとぼくを見つめた。ぼくの腕をつかみ、外に連れ出すと、声をひそめて、

「俺は、おめェに馬鹿にされても当然の父親だ。けど、俺は、おめェだけはちゃんと育ててやりてェ。おめェは、とんでもねェ事故を引き起こしちまったけど、忘れなきゃいけねェ。おめェまでが、世の中どうでもいいなんて思いだしたら、父ちゃんは生きてきた甲斐がねェよ」

　喋っている途中から、父は泣いた。涙がぽたぽたと落ちつづけた。ぼくは貧相な父の顔を見たくなかった。それで、からまつの林越しに見えるM家の別荘のとんがり屋根に目をやり、

「馬鹿になんかしてるんじゃねェよ。だけど、嫌いになったんだ」

　と呟いた。

「母ちゃんや姉ちゃんまで、どうして嫌いになったんだ?」

「そんなこと、俺に聞かなくったって、父ちゃんが一番良く知ってるじゃねェか。俺はきのうの夜、軽井沢駅のベンチに坐ってた。べつに父ちゃんと母ちゃんの帰りを待ってたんじゃねェ。家に帰りたくなかったし、ほかに行くところがなかったからだ。

俺は見たんだ。母ちゃんは、この別荘の助平野郎と一緒だったよ。人目を避けて、別々のタクシーに乗ったんだぜ」

母が戸口から顔を出し、朝食の用意が出来たことを伝えた。父はぼくに何か言いたそうだったが、膝の曲がらない左足をひきずりながら、別荘の裏手の、芝刈り機とか、水撒き用のホースとか、大工道具などをしまってある小屋へと歩いて行った。そこには、常時、二十リットルの灯油も納められている。

「父ちゃん、ご飯は?」

と母が怪訝《けげん》な面持ちで訊いた。

「いらねェ。ひと仕事終えてから食うよ」

父が朝食もとらず仕事にかかるのは珍しかった。ぼくと父とのあいだに何かあったことを察した母は、じっとM家のとんがり屋根に目を向けているぼくの傍に近づいてきた。

「父ちゃん、泣いてたの?」

「泣いてなんかいねェよ。何か泣く理由でもあるってのか?」

母は、ぼくという息子を生み育ててきた十七年間で一度も浴せられたことのない侮蔑と憎悪の表情を見てたじろいだ。朝日と、頭上でそよぐ木の葉のせいなのか、それとも動揺が余りに烈しかったためなのか、母の色白な顔は赤くなったり青くなったりした。その顔色が変容するさまは、はからずも母の多面性を、いや、すべての人間の内なる多面性というものを露わにしていたと思う。ぼくはさらに勢いづいて言った。

「母ちゃんも姉ちゃんも、薄汚《ぎた》ねェ淫売だ。俺はもう母ちゃんにも姉ちゃんにも、指一本さわられたくねェや」

ああ、ぼくはどんなに、かつての母にしがみつきたかったことだろう。そして、心とは裏腹に、どれほど姉の肉体による愛撫を求めていたことだろう。ほかの美しい娘たちは、みなぼくにとっては人形でしかなかった。柔かい優しい肉体と、淫靡《いんび》な芳香を放つ女は、姉以外いなかった。考えてみれば、ぼくは物心がついてから無意識のうちに、母を聖女として慕い、姉を恋人として愛し、父を弱者として蔑みつづけてきた。それは三位一体《さんみいったい》となって、ぼくを歪めたに違いない。いや、もともと歪んで生まれたぼくは、両親と姉を、そのように眺める病気に、かかるべくしてかかったのかもしれないのだ。

ぼくのために休暇を取っていた姉は、もうその必要がなくなり、勤め先の司法書士事務所へ出勤していった。出がけに姉は、母に聞かれないよう早口で囁いた。

「きのう、恭子さんとの約束をすっぽかしたでしょう。恭子さん、アトリエの近くでずっと立ってたわよ」

　ぼくは知らんふりをして飯を食べた。姉が出て行って二、三分たった。ぼくの耳の奥にきのうの姉の言葉が熱風となって吹き込んできた。ぼくは姉を追って走った。聖パウロ教会の手前で追いついた。

「姉ちゃん。きのう、本気だったのか？」

　と訊いた。

「何が？」

「かまわないのよって言ったろう。あれは本気で言ったのか？」

　姉はそれに関しては何も答えず、

「どうして修平は、霧が出てくると気持が乱れるのかしら。きのうも少し熱があったわよ。それなのに、手は氷みたいだった……」

　そう言って、人差し指でぼくの額を軽く突いた。

「俺は霧が出てくる前から、頭のどこかがおかしくなってるんだ。きのうもそうだったけど、姉ちゃんは俺がまだ何にも言わない先に、俺が何をやりたがってるか知ってたよな。どうして判ったんだ？」

　それにも姉は答えなかった。さあというふうに首をかしげ、ぼくの胸のあたりに視線をそらした。

「あした、布施金次郎から金を貰うんだろう？」

「延びたわ。あの人の言うことにも一理あるから、待ってあげるの。大金だもの……。いっぺんに銀行からお金をおろすと怪しまれるでしょう。三週間待ってくれって。その代わり、間違いなく全額現金で渡す。あの人、頭を下げて頼むのよ。手まで合わせたわ」

姉は腕時計を見、もう行かなくてはいけないと言って、ぼくに背を向けた。姉の勤める司法書士事務所は、軽井沢駅の手前の道を北へ少し行った通りの角にあった。ぼくは、二、三メートルの間隔をあけて、姉について行った。姉はときおり振り返り、立ち停まって無言でぼくを見つめた。姉は、帰れとは言わなかった。ただ黙ってぼくを見つめ、すぐに背を向けて歩き始める。そんなことを何度か繰り返しているうちに、ぼくは、もうこれっきり生涯二度と逢えない人を、駅へ送って行くような気がした。なぜか、そんな気がしたのだった。歩を速め、姉の腕をつかむと、ぼくは言った。

「姉ちゃんは、どうしてもその金が欲しいのか？」

「欲しいわ。私のためにも、修平のためにも、父さんのためにも、私、あの人からお金を取ってやりたいの」

姉の言葉に、母さんのためにも、というひとことがなかったのに気づいたのは、随分あとになってからである。もし、ぼくがそれを不審に感じていたら、ぼくはきっとそのわけを問い詰めた筈だ。姉は、たぶん答えてはくれなかったろう。だが答えてくれなくとも、その疑問はぼくの、ひとつのものしか見えなくなった目に、異なった映像を二重写しさせていたに違いない（そのときは気づかなかった）。枚挙にいとまがない人生におけるこの誤謬《ごびゅう》もまた、人間がかかえている悪のひとつである。「愚かは悪だ。では何が人間を愚かにするのか。それは感情にとらわれた怒りであり、目先にとらわれた狂惑であり、エゴイズムにとらわれた欲望である。これらは絶えず人間の内部でイタチごっこをして、（判りきっている結果）さえ忘れさせるのだ。

ぼくは、姉を喪いたくなかった。ぼくは姉の腕を引っ張り、ババロアを食べたいとねだった。

「きのうの店に行こうよ。ねェ、いいだろう？」

甘えた口調で、ぼくはしきりに誘った。

「だって、もう事務所に電話して、休暇を先に延ばしてもらったのよ」

「ちょっと遅れるって、もう一度電話をかけりゃあいいじゃねェか」

「いま九時前よ。あのお店、まだあいていないかもしれないわ」

「あいてるよ。夏に十時まで店をあけない喫茶店なんて、軽井沢にはねェさ」

きのうとはうってかわったぼくの態度に、姉はくすっと笑った。

「修平、どうしたの？　きのうは私から逃げていったくせに。……二回も」

ぼくと姉とは通りを曲がり、万平ホテルの裏側へ通ずる苔むした石垣のつづく小径を進んだ。ぼくはきのうの夕暮れどきの、あるいは濃霧で乱れた精神による幻覚とも取れるひとときを思い浮かべた。あれは人間のする行為ではない。そんなことぐらい、姉も判っている筈だ。なのに、姉は歯牙《しが》にもかけていない顔つきで、逃げだしたぼくをからかった。ぼくが途中でやめなかったら、姉はぼくを受け入れていただろうか。姉は、ぼくが途中で恐怖を感じて逃げだすことを最初から見抜いていたのではあるまいか。ぼくはそれを確かめてみたくて、おいしいババロアを食べさせる喫茶店に誘ったのだった。

万平ホテルの廻りは、幾つかの径が入り組んでいる。ぼくと姉とは、そこかしこで、例のペルシャ猫を捜すビラを目にした。樹木越しに、万平ホテルのテラスの一角と、何室かの客室の窓が見えた。ぼくたちとはおよそかけはなれた人々が、そこには泊まっている。姉は、ひとりの著名な日本画家の名前をあげ、

「その人、もう十年以上も、夏は万平ホテルで過ごすのよ。七月の初めから九月の末まで部屋を借り切ってるの。三ヵ月間、夏の万平ホテルで生活したら、いったい幾らのお金が要ると思う？」

とぼくに言った。

「さあ、判んねェな。見当もつかないよ」

「うちの事務所と取り引きのある不動産屋さんが、その絵描きに勧めたの。勿体ない、そのお金で別荘が買えるって。そしたら、絵描きはこう言って鼻で笑ったそうよ。万平ホテルと同じ別荘は、どんなに金があっても建てられない。明治三十七年に開業したんだぞ。その人はねェ、涼しいところで静養したいんじゃないのよ。軽井沢の万平ホテルに夏の三ヵ月間部屋を借り切りたいの。私、その人を二、三回見かけたわ。その人の描いた絵も何点か観たわ。つまんない男よ。絵もつまんなかった。その絵描きとおんなじような人間が、夏の軽井沢にはいっぱいいるわ。何でも最高の物じゃなきゃいけないの。食べる物も、身につける物も、生活そのものも……。そんな人はねェ、最高の物と最低の物しか判らないのよ。でも世の中って、最高でもないし最低でもない、中間の物がひしめき合ってる。物だけじゃなくて、人間もそうよ」

喫茶店はあいていた。一組の家族連れが、主人を相手に、百万円の懸賞金がかかったペルシャ猫のことを話していた。姉は喫茶店の電話を借りて事務所に少し遅れる由を伝え、席につくとババロアを註文した。ぼくと姉とはそれとなく聞き耳をたてた。店の主人と客との話しぶりでは、どうやら猫はまだみつかっていないようだった。

「修平の推理は外れたみたいね」

と姉は笑顔で言った。

「相手は猫だもんな。どこへ行ったか判りゃしねェよ」

「雲場池じゃないとしたら、塩沢湖かしら」

「あのビラの貼り方を見ただろう？　塩沢湖の廻りにもべたべた貼ってあるに決まってるよ。この調子だったら、軽井沢中に貼ってあるんじゃないかな」

「じゃあ、猫は生きてないんだ」

ぼくは猫の話なんかしたくなかった。それでこう訊いた。

「姉ちゃん。あいつから金を取るために、いやなことを辛棒してきたのか？」

するど姉は、

「修平を、霧の出ないところで暮させてやりたいわ。これまで何回病院へ行った？　どこをどう調べても、修平のあの変な症状がどうして起こるか判らないのよ。きっと、心の病気ね。私、修平が可哀相でたまらないの」

と言った。修平が可哀相でたまらない——。それだけは嘘ではなかった、と、ぼくはいまでも信じている。ぼくにとって、布施金次郎を殺す日が三週間も延びるのは苦痛だった。そのような恐しい意志を持続させるために費やすエネルギーのことを考えると鳥肌が立った。けれどもぼくの、金なんかどうでもいい、何もかもぶちこわしてやる、自分の人生までも、という衝動は姉の言葉によって一部分変節した。布施金次郎を殺すのは、姉がこんなにも欲しがっている金を受け取ってからにしよう、と。

「さっき訊いたことに答えてくれよ。姉ちゃんは、きのう、本気だったのか？　姉ちゃんは肝心なところは黙り込むか、はぐらかすかのどっちかなんだ。だけど、これだけは本当の気持を教えてもらいてェんだ」

ぼくは必死な形相をしていたと思う。

「霧の中から」

「霧のことなんか訊いてんじゃねェったら」

姉はそっとかぶりを振り、ぼくの頬を優しくつねって言った。

「霧の中から修平が帰ってくると、私、修平を弟じゃなくて恋人みたいに思ってしまうの。これは修平じゃない。そう思うのよ。きのうは、いつもよりもっと、そう思う気持が強くなったの。でも、きのうみたいな日は、もう二度とないわ」

「どうして二度とないんだ？」

「人間が、あんな気持になるのは、一生にいっぺんだけよ」

姉は財布から千円札を出し、テーブルに置き、もう事務所に行かなくてはいけないと言って立ちあがった。

姉が喫茶店を出て行ったあと、ぼくは姉の食べ残したババロアを食べた。ぼくに約束をすっぽかされた恭子は、そのあとどうしただろう。ふと、そう考えた。恭子は自分の父の帰りを待って、地下室の存在を問い詰めたのではあるまいか。いや、ひょっとしたら、居間のあちこちを捜し、台所を捜し、納戸を捜し、入口をみつけたかもしれない。ぼくは慌てた。ぼくが恭子を森の中へおびき出し、地下室の存在を教えたのは、布施金次郎に対する殺意などまだ抱いていなかったからだ。ぼくは、しまったと思った。ぼくは布施家の別荘へと駆け戻った。別荘の屋根が見えるあたりで立ち停まり、息が鎮まるのを待った。手の甲で、何度も額や首筋の汗をぬぐった。工務店の作業員が、父の造った門柱をこわしていた。新しい頑丈な門柱と門扉を取りつける工事が始まったのである。ぼくは、どうやって布施金次郎や両親に気づかれず、恭子とふたりきりで話をしようかと考えた。恭子は腹を立てているだろう。ぼくを捜しているだろう。地下室をみつけようとみつけまいと、とにかくぼくが約束を守らなかったことに腹を立てている筈だ。ぼくは作業を見物しているふりをして門の近くに立った。はたして、恭子は二階の窓からぼくを呼んだ。ぼくが窓の下に行くと、小声でぼくをなじった。

「きのう、どうしてこなかったの。私、一時間以上も待ってたのよ。人を何だと思ってるの」

やがて恭子は庭へ出て来て、アトリエの陰からぼくを招いた。

「さあ、地下室に連れてってちょうだい」

ぼくは、ほっとした。恭子は自分の父を問い詰めもせず、ひとりで地下室を捜すこともしなかったのだな、と思ったのである。しかしいまさら、地下室があるというのは作り話だったとは言えなかった。それでは絶対に納得しないだろう。

「旦那さまがいらっしゃるでしょう？　いまは駄目ですよ」

とぼくは言った。

「だったら、誰もいないきのうの夜、どうしてこなかったの？」

ぼくには、説得力を持つ嘘が、どうしても思いつかなかった。そのため、黙り込むしかなかったのである。恭子は冷酷な笑みを注ぎ、

「あなたがこないから、私、ひとりで捜したわ。そんなもの、どこにもありゃしな

い。あなた、自分が嘘をついたもんだからこられなかったのよ。つまらない嘘で、身をかわそうとしたってわけね。こざかしい嘘なんかで、あなた、自分の身を守れると思ってるの?」

そう言ったのだった。

身をかわす……?　身を守る……?　ぼくは言葉の意味を懸命にさぐった。恭子も、ぼくが夫人を殺したことを知っているのだろうか。いや、そんな筈はない。恭子はあのとき志津と一緒にテニスコートにいた。そうだ、布施金次郎だ、あいつが書斎のカーテン越しに見た光景を娘に喋ったのだ。理由はひとつしかない。約束の金を支払いたくないから。いま、彼はぼくより有利な状況にある。もしぼくが警察で、夫人の殺害を布施金次郎に依頼されたと述べても、物的証拠は何もない。しかしそれなら ば、なぜ布施金次郎は、十七歳のぼくに脅されて、あんなにも震えたのだろう。

ぼくは恭子を睨みつけ、

「身を守るって、どういう意味ですか」

と訊いた。

「あなたたち一家のことで、お父さまとお母さまが言い合ってるのを、私、何年も前からしょっちゅう耳にしてたわ。なぜ久保の娘を高校に行かせたのか。なぜ就職の世話なんかしてやったのか。女中に使ったらいいのに。お母さまは、お父さまにそう言ったのよ。そしたら、いつもお父さまはこう答えてた。久保は不自由な体でよく働いてくれる。私は久保の子供たちを小さい頃から知ってる。たとえ別荘番にせよ、私のもとで育った子供たちだ。久保の息子は、勉強がよく出来るそうだ。だから、私はあの子を大学に行かせてやりたいと思ってる。久保の息子にそう言ったら、あの子は泣いて喜んだ。私たちにとったら、たいした問題じゃないが、久保の一家にしてみれば、息子を大学に行かせるなんて夢のようなことだ。お父さまはそう言ってたのよ。よく聞いとくのね。お父さまは、赤の他人のあなたたちに、そんな思いやりをかけてたのよ。でも、あんな事故を起こして、あなたたちは、この別荘から出て行かなきゃいけなくなったわ。あなたの大学進学も、あなたはもうお父さまに助けてもらうわけにはいかない。自力で大学へ通うしかない。あなたは、なんとかお父さまに許しを乞いたい筈よ。お父さまはあんな人だから、あなたとの約束は約束として守るでしょうね。だけど、私は許さない。たとえ事故でも、あなたは私のお母さまを死なせたのよ。お父さまがどんなに約束を守ろうとしても、私はそれだけは反対するわ。あなたは頭がいいわね。私の心を乱して、邪魔な私をお父さまから遠ざけようとしたのよ。それで、根も葉もない作り話を聞かせたんだわ。お母さまを殺したのはお父さまで、この別荘の下には秘密の地下室があるなんて馬鹿げたことを私に言ったりして。出てってちょうだい。もうきょうにも、荷物をまとめて出てって。それが言いたくて、喪も明けてないのに、私は軽井沢に戻って来たのよ」

「志津さんも？」

「志津はあれ以来ずっと熱があるの。暑い東京は、あの子の体に合わないのよ。この件に関しては、志津は何も知らないわ」

ぼくは笑ってやりたかった。俺が泣いて喜んだだって？　布施の助平野郎が、俺に大学へ行かせてやると約束しただって？　俺たち一家に、自分の身内のような愛情を注いでただって？　けれども、ぼくは油断してはいけないと、自分に言い聞かせた。大金持ちの馬鹿娘だとたか
をくくっていると、とんでもない目に遭う。事故に関して、なんらかの不審を抱き、恭子は恭子なりに巧妙な罠を仕掛けているのかもしれないではないか。ぼくはそう考えて、恭子から目をそらせた。

「出て行くって言ったでしょう？　近いうちに、俺たちはこの別荘から出て行くって。きのう、ちゃんと言ったじゃないですか。旦那さまとの約束が、おじゃんになったのは、俺にとったら残念だけど、あきらめるしかねェや」

「そうよ。それがいいわ。でも、ただ出て行くだけじゃあ、私の気がおさまらない

の。私、あなたを刑務所に入れてやる。過失でも、人を殺したら刑務所に入れられるわ。あなたは未成年だから、刑務所じゃなくて少年院ね」

勝ち誇ったように言い、恭子は邸の中に戻っていった。豚は、やっぱり豚を生む。ぼくはほくそ笑んだ。金持ちの豚め！　俺はきっと刑務所に入れられる。俺は布施金次郎を最も恐しい方法で殺せたらそれでいい。完全犯罪なんてもくろんじゃいねェんだ。俺はすぐに警察につかまるさ。なんなら、お前もついでに殺してやってもいいんだぜ。ぼくは、そんな言葉を胸の内で呟きながら立ちつくしていた。

自分の住まいに帰ると、母がぼくを待っていた。母は心配そうな顔で、

「旦那さまがお前を捜してらしたよ。帰って来たら、すぐに書斎に来るようにって」

と告げた。行きかけたぼくを呼び停め、母は近づいて、ぼくの肩に手をかけようとした。ぼくはその手を払いのけた。

「さわられたくねェよ。母ちゃん、あいつがなぜ俺を捜してたのか知ってるだろう？　だって母ちゃんは、父ちゃんよりもあいつの方がいいもんな。仲良しだもんな」

ぼくの言葉は、ただ単に、母がほかの男と人目を避けてあいびきしているのを目にした十七歳の息子のものでしかなかった。ところが、それはぼくたち一家と布施金次郎との、十何年にわたる複雑な人間模様の核心をついていたのである。

書斎に入って来たぼくに、布施金次郎は気色ばんで言った。

「どうして恭子に、地下室のことを教えたんだ。うまく誤魔化したがね。恭子はしつこかったよ。納得させるのに、十二時過ぎまでかかった」

ぼくは薄笑いを浮かべた。

「ぼくを人殺しって言いやがった。刑務所に入れてやるって言ったんだ。かっとして、つい口を滑らしたんです」

かっとしてはいけない。私にすべてまかせなさい。私は君たち一家のことを悪いようにはしない。布施金次郎は、口調をやわらげてぼくをさとした。ぼくは、しおらしく謝った。三週間後にも、布施金次郎はぼくをさとすだろう。いまみたいに鷹揚《おうよう》にではなく、逃げまどい、泣き叫んで。そう思いながら……。

7

その翌日、ぼくはきのうよりも早く起きた。毎朝早起きがつづくと、父はぼくを怪しんで、そっとぼくの行動を監視するかもしれない。ぼくの、布施金次郎を殺す準備は、あと四日必要なのである。きょうは、父にみつからずに地下室に忍び込み、もう三本のワインの中身を捨て、元の場所へ戻しておくことが出来るだろう。しかし、不審な早起きが二日つづけば、あした、父はぼくのあとを尾けてくる筈だ。そう予測したぼくの思いついた名案は、自分でも感心するくらい老獪《ろうかい》なものであった。それは、突然芽生えた恋の冒険心と、人殺しの準備とを兼ね合わせていたのである。

ぼくは、きのうよりももっと物音を立てないよう注意しながら服に着換え、表に出た。すぐに家の陰に隠れ、しばらく様子を窺っていた。十五分近く立っていたと思う。父も、母も、姉も出てこなかった。ぼくは急いできのうと同じ行動を起こした。ただその順序を変えたのだ。先にアトリエから地下室へ降り、ワインの壜を三本持って、中身をせせらぎに捨て、空壜をワイン棚に戻しておいてから、わざと一度家に帰った。そしていかにも内緒事をしているかのように、そっと顔を洗い歯を磨いた。歯ブラシを落としたり、洗面器を水道の蛇口にぶつけたりした。それからぼくは、ゆっくりと別荘の敷地を横切り、三浦貴子の散歩コースである、深い森を縫う小径に向かった。布施家の別荘を出てすぐに、ぼくは小径の曲がり角で歩を停め、赤松の林越しに、いま出て来た布施家のはずれの苔むした低い石垣を見つめた。父が、シャツのボタンをかけながら、同じ場所から出て来たのを確かめると、ぼくはさらに歩調を落として、木の葉までが紫色の小径を歩き始めた。

貴子と出逢った場所にくると、ぼくは雄のカブト虫の死骸をひきずっていく蟻たちを見入ったり、きれいな色の小石ばかり集め、それで落葉の上に「たかこ」という字を並べたりした。貴子の姿が見えたとき、ぼくは、小石の一部を蹴散らした。慌てて何かを蹴散らしたのを、ちゃんと貴子に判るようにして。しかし「たか」という字だけは残して……。

「遅いんだなァ」

ぼくはわざと大きな声で言った。どこかに隠れて見つめているであろう父に聞こえるように。

「きのうより、十五分も早いわ」

貴子はそう言いながら、小石を並べて落葉の上に書かれているひらがなを、ちらっと見やった。そのときの貴子は、一瞬父の視線を忘れさせるほどに可憐で、しかも女の匂いをまき散らしていた。貴子は犬を連れていなかった。

「犬はどうしたの？」

「きのう、どこかで足の裏に釘を刺したまま帰ってきたの。お医者さまに診てもらったら、錆びた釘はとても危険だから、二、三日はつないでおくようにって言われたの」

ぼくたちは、しばらく黙り合っていた。やがてぼくは貴子に、少しのあいだうしろを向いていて欲しいと言った。

「どうして？」

そう訊きながらも、貴子はぼくが理由を説明する前に、背中を向けた。ぼくは「たか」と並べられた小石をすべて蹴散らした。

「もういいよ」

貴子は向き直って、小石の並んでいたあたりにそっと視線を落とし、すぐ目を森の奥に移した。

「いま、何をしたの？」

「ムカデがいたんだ。でっかいやつが、蹴り飛ばしてやった」

「私、ムカデ、大嫌い」

ぼくたちは、どちらからともなく並んで歩きだした。父はいったいどのあたりに身を隠しているのだろう。ぼくはそれとなく森のあちこちに目をやったが、きのうよりも濃い朝靄と、きのうよりも強い朝日が、ぼくたちの廻りに強い濃淡の幕を張りめぐらしていて、まったく見当もつかなかった。

「俺、軽井沢にくる女の子って、みんな嫌いだったんだ」

一応目的を果たしたぼくは、どこかにひそんでいるであろう父が邪魔になってきた。

「ねェ、いつもはこの近くをぐるぐる廻ってるだけだって言ったろう？　きょうは犬もいないし、少し遠くへ行ってみないか？」

「遠くって？」

「クサアジサイがいっぱい咲いてるとこがあるんだ。軽井沢を隅から隅まで知ってるやつでないと、ちょっと判らない場所だよ」

ぼくは、布施家の別荘への小径を急ぎ足で戻っていくひそやかな足音を聞いた。内緒の早起きの理由が、ひとりの娘との逢瀬のためであったと、父に思い込ませることは成功した。けれども、それによって、父という人間に思いもつかぬ狂乱と覚悟とをもたらせる引き金となったなどとは考えも及ばなかった。クサアジサイ……。夫人は、自分の植えたクサアジサイを覗き込んだことで、ぼくを衝動的でもなく偶発的でもない殺人へと誘《いざな》ったという空恐しい事実を、ぼくはすっかり忘れていたのだった。

貴子は迷っているふりをしていた。一分も持続出来ない〝ふり〟を。それでぼくは、恋の熟練者のように、彼女の矜持を満足させ、ぼくへの恋心をいっそうつのらせるために、ひと芝居うった。けれども時がたつにつれて、それは芝居ではなく本心であったことを、まるで夢のような思い出として、汚れたぼくのポケットの中で膨らみ始めたのだ。

ぼくは立ち停まり、貴子の唇にぼんやりと視線を投じ、

「俺なんかと、クサアジサイを見に行っても、どうってことないよな。どうせ、たかが別荘番の息子なんだもん……」

と言って、きびすを返した。

「私も、軽井沢に来る男の人、嫌いよ」

ぼくは、貴子の言葉を無視し、うなだれて小径を歩きつづけた。貴子は走ってき

て、ぼくの前に廻った。

「だって、クサアジサイを見に行きたいなんて、すぐには私、言えないでしょう？」

ぼくはひたすら貴子の唇を見ていた。その薄い口紅を塗った唇を、ぼくの唇でつかまえるためには、微妙な間《ま》が必要だった。だが、ぼくは難なく、その間をとらえた。ぼくが離すまで、貴子は自分の方からは逃げないだろうということも判った。しかし、ぼくはすぐに貴子の唇から離れた。そうしておけば、二度目は、もうぼくの思い通りになるに決まっていたからだ。ぼくは貴子を森の奥深くに導き、一本の太い樅の木に彼女をそっと押しつけた。紫色の靄が、カッコーの鳴き声で震えたような気がした。遠くに、靄と同じ色の、けれども決して気体ではない光があった。どこかの別荘の、消し忘れた誘蛾灯だったが、ぼくには人魂《ひとだま》みたいに見えた。

ぼくが二度目の長い接吻を終え、貴子の、

「私、修平さんを初めて見たのは三年前よ」

という言葉に、

「俺は四年前に、もうきみのことを知ってたんだぜ」

そう応じ返したとき、朝靄の中の小さな誘蛾灯は、人魂よりもっと不気味なものに変わった。姉の裸身に変わったのであった。ぼくは、確かに恋の熟練者だと感じた。

そして、ぼくをそうさせたのは姉である。恋の手練手管《てれんてくだ》を、姉は日毎夜毎《ひごとよごと》、無言でぼくに教えてきたのだ。そう感じたのであった。この、ある種の憎しみが混じった姉への郷愁は、つい最近までぼくの中に存在していた。けれども、そうではなかったのだと気づいた瞬間から、ぼくは懺悔というものの本当の意味を知り、自らの心の力で、内なる毒を絞り出し始めたのである。

それにしても、十七歳の夏の悲惨な終焉と、その悲惨な終焉をひきずって誕生した新たな人生とのはざまに、貴子のひかえめな、それでいて濃密な愛撫があったことについて、ぼくは不思議という言葉以外、いかなる言葉も思いつかない。ぼくはその日から布施家の別荘を去る前日まで、早朝の森の中で貴子の唇をもてあそび、乳房に赤い痣をこしらえたりした。しかし、ぼくはそこから先へは進まなかった。それがやがてぼくにとって唯一の救いとなるであろうとは気づかぬまま、ぼくは若い自分の肉体を抑えつづけた。だが、もし相手が貴子ではなかったら到底抑え切ることなど不可能な欲情が、抱擁の最中《さなか》にしばしばぼくの股間を濡らしたことは事実である。

ぼくが、貴子の黄色いセーターの上から、乳房に触れようとしたとき、彼女は泣きだしそうな顔をして首を振った。貴子の口元からは、小刻みに息を吸う音が聞こえ、吐く音は聞こえなかった。貴子は、

「あした……」

　と言った。

「もし、雨が降ったら？」

「あした……」

「雨が降っても、来るかい？」

　貴子は頷き、ぼくの三度目の接吻を受けた。

「俺、霧が出たら。こないよ」

「どうして？」

　ぼくは家族以外誰も知らない、いや、ひょっとしたら布施金次郎は知っていたかもしれないぼくの奇妙な病気を貴子に教えた。すると貴子は、

「じゃあ、霧が出た日にする……」

　と羞恥を露わにさせた顔を右に向けたり左に向けたりして、小声で言った。

「駄目だよ。霧の中にいると、ほんとに頭が変になるんだ」

「私といたら、ならないわ」

「どうして？」

「判らない……。私といたら、霧の中にいても平気だったらいいのになァって思った

の」

その貴子の言葉には、あざとい演技もかけひきもなかった。ほんとにそうあってくれたらいいと真剣に願う心根が、ぼくの胸に温かい湯に似たものを注ぎ込んだ。

「あした、霧が出たら、一番いいのにな。でも、俺、やっぱり霧は嫌いなんだ」

貴子は目をそらせて微笑み、ぼくの手を引いて小径に出た。いったん自分の別荘への小径を行きかけて引き返してくると、

「私、まだ膝が震えてる」

と言った。そして、何回も振り返り、そのたびに小さく手を振って、靄の彼方に消えた。

その日を境に、父は何も喋らない人になったのである。芝生の手入れをしているときも、薪を割っているときも、一息入れて、邸の裏で煙草を喫っている際、コックの岩木に話しかけられても、夜、ぼくたちと一緒に食事をしているときも、父の口からはひとことも言葉が発せられなかった。ただ、布施金次郎に何か用事を命じられたとき、

「はい」

とだけ答えるのだった。ところが、母はぼくに対して饒舌になった。ぼくとふたり

きりの時間を作ろうと努め、うとましいくらい、話しかけてくるのである。父と母の変化は、きっと貴子のせいだろうと、ぼくは思ってしまった。父は、別荘番の息子が軽井沢にやって来る金持ちの娘と、朝早く逢いびきしていることを快く思っていない。もし、間違いでも犯したら、責めを負うのはこっちの方だ。分《ぶん》をわきまえないで馬鹿なことをしてやがる。幾つかの苦渋に新しい心配事が加わって、父の腹の中は煮えくり返っているのだ。反対に母は、ぼくの秘密の行動を父から教えられ、息子との険悪な状態を是正するきっかけを得た。なぜなら自分も、似たようなことをしているのだから。ぼくはそう分析した。けれども、それがまったく的外れな推理であったことを、ぼくは八月十七日の夜に知ったのだった。

四日間、いい天気がつづいた。そのあいだに、恭子は東京へ帰って行った。たぶん布施金次郎が、何か理由でも作って、娘を軽井沢から遠ざけたのだろうとぼくは思った。いつぼくが、恭子ののしりに逆上して、アトリエの隠し扉と地下室の存在をばらしてしまうかしれたものではない。恭子を別荘に置いておくことは危険だ。布施金次郎はそう判断したのに違いなかった。恭子がいなくなって、母の仕事は半減した。恭子は、死んだ自分の母を真似て、ぼくの母をこきつかっていたのだ。

七月二十七日の夜、ちょうど雨が降り始めた頃、母はぼくに、話があるから本通りの郵便局の角で待っているようにと耳打ちした。

「俺には話なんかねェよ」

「母さん、お前にいろんなこと、話しておきたいんだ。ねっ、すぐにあとから行くから、ちゃんと待ってるんだよ」

前日、もう三本のワインを空にして、計九本の空壜をワイン棚に並べたぼくは、けさ、それに灯油を詰める作業を行なった。ワインの中身を捨てるよりも、それははるかに注意を要した。少しでも灯油が壜やレッテルに付着すれば、地下室には確実にその匂いが漂う。ぼくはそのために、自分でひそかに漏斗《じょうご》を作っておいたし、灯油の缶をきのうの夜、せせらぎのところに隠しておいたのである。けさは四本の壜に灯油を詰めた。あした、二往復すれば、残りの五本に灯油を詰め、準備はあらかた完了する。ぼくは、あした二往復して一日でも早く準備を完了すべきか、それとも二日に分けて、いつもより多くの時間を費さない方がいいのか、選択に迷っていた。二往復しているあいだに父が起き出してきたら、ぼくの計画はすべて無に帰すどころか、その計画がいかなるものかを知られることで、夫人の死についても疑いをもたれかねなかった。しかし、一日延ばせば、道具小屋に入った父が、灯油の缶の消えているのに気づく公算も大きかった。どちらも同じ結果を招くのなら、多少の危険を犯しても、あした二往復する方がいい。いや、そのために慌てて作業が雑になり、灯油をうっかり壜の口からこぼしたりしたら、布で拭いたくらいでは匂いは取れず、地下室には灯油の匂いが充満するだろう。ぼくはどっちにすべきか決断がつきかねて、母の誘いに心が動く状態ではなかったのである。

だが、母が出て行き、風呂からあがった父が上半身裸のまま、ぼくを見つめたとき、ぼくは思わずあとずさりした。父の体は、死にかけている病人のようだった。そしてその双眸《そうぼう》は、それぞれ異なった光を如実に放っていた。片方の目は闘志、片方の目は達観……。しかも父の奇妙な目は、どちらも妖しく澄んでいたのだった。ぼくと父は、網戸の破れめから入ってきた白い蛾の舞う狭い部屋で、じっと見つめ合っていた。ぼくは父の目に抗うことが出来なくなってきた。

「父ちゃん、どうして何にも喋らなくなっちまったんだ？」

父は黙したままであった。ぼくは生まれて初めて、父らしい父と向かい合っている心持になった。だが、父らしい父とは、いったいどのような父であろう。そして、母らしい母とは……。世間的、あるいは常識的な規範は、勿論あるに違いない。けれどもそんな尺度でではなく、ぼくは己のエゴイズムが欲する父らしい父を求めていたのである。そうだ。人間はみな、肉親にも他人にも、己のエゴイズムを基調として勝手な青写真をひいてしまう。そしてそれによって、自分以外の人間に烙印を捺《お》し、己を顧みることはない。仕方がない、それが人間というものだとうそぶく人は、ぼくを檻の中の珍獣としてしか見ないだろう。その人もまたぼくと同じ珍獣であることなど、決して考え及んだりしない。人間のすべての悪、すべての誤謬《ごびゅう》の根源がそこにある。人は、他者の宿命を平気で眺めるくせに、自分の宿命を見つめる視力を持っていない。これがエゴイズムでなくて何であろう。戦争や犯罪が何によって引き起こされるかを考えてみるがいい。複雑で高邁な論理を並べたてる人は馬鹿だ。たったひとことで済む。「我欲」だと。ところが人間は、この我欲を切る剣をみつけようとはせず、他者を殺《あや》める武器でもって、己の我欲を正当化しようとする。十七歳のぼくは、自分の怒りも哀しみも狂気も見つめ得たが、その底で糸を引く我欲の存在を知らなかった。それもまた、すべてが終わったのちに、やっとぼくは気づいたのであった。

ぼくは、父から逃げた。その優しく恐しい目から逃げた。あてもなく雨の中に走り出たぼくは、ポケットをさぐった。十円玉ひとつ入っていなかった。それでぼくは、母の待っている場所へ行くしかなかった。強い雨が降っているにもかかわらず、本通りには人がひしめいていた。色とりどりの傘、色とりどりのセーターの隙間に、母がいた。

「どうして傘をさしてこなかったの」

と母は言って、ハンカチでぼくの濡れた頭や顔を拭いた。それから一軒の喫茶店にぼくを連れていった。母は珈琲を註文し、

「修平に何がいい？　アイスクリームにする？」

と訊いた。ぼくが、頭や顔を拭かれるままにしていたことで、母は安心した様子だった。

「このあいだ、旦那さまと一緒に帰って来たのはねェ、父さんがお前のことを心配して先に帰ったからなのよ。お前はもしかしたら上高地にもどこにも行かないで、家に帰ったんじゃないかって心配したんだよ」

「もう、つまんねェ嘘をつかなくたっていいさ」

「嘘じゃないの。布施家のご本家のお墓は東京にあるんだけど、奥さまはとても軽井沢が好きで、歳を取ったらずっと軽井沢で暮らしたいって言ってらしたんだって。それで旦那さまは、分骨して、軽井沢にお墓を造ってやりたいって思われたの。初めは、私と父さんに、小諸に行くようにって言ったんだけど、自分の奥さんの墓石を他人に選ばせるのはよくない、やっぱり自分も一緒に行こうってことになって、三人で出掛けたのよ。修平も知ってるでしょう？　田口って大きな石屋さん、あそこへ行っ

たのよ」

妻が死んでくれて、せいせいしてる亭主が、そんな優しいことしてやったりするもんか。ぼくはそう思い、ほくそ笑んだ。

「墓石を買いに行った母ちゃんとあの男が、どうして人目をしのんで、別々のタクシーに乗ったりするんだよォ」

それを説明したくて、お前とふたりきりで話がしたかったのだと、母は言った。

「奥さまはねェ、頭がおかしいんじゃないかって思うくらい、やきもち焼きだったの。旦那さまと母さんとのことを怪しんだり、他の別荘の奥さまとのあいだを詮索したり……。それを、奥さまは自分の胸にしまっとけるような人じゃなかった。言うにことかいて、恭子さまに尾ひれ背びれを付けて話すんだよ。まだ高校生の恭子さまに。恭子さま、高校生になったころから、急に私たちに対する態度が変わっただろう？　旦那さまはそのことをとても気にしてらしたの。だから、母さんと旦那さまが一緒のタクシーから降りるのを見たら、余計に誤解されるだろうって仰言って、わざわざ別のタクシーに乗ったのよ」

なかなか信憑性のある説明だったが、夫人の初七日の翌日、薄い板壁越しに聞いた別人としか思えない母の口調を心に焼きつけているぼくには、根も葉もある嘘でしかなかった。もはやどんな言葉にも騙されはしない。夫人の嫉妬は単なる詮索によるものではない。母も、あの地下室の羽根蒲団にくるまって、布施金次郎に抱かれたのに決まっている。殺してやるさ。あんなにも清楚で優しかった母を変え、美しい姉をおもちゃにし、父をこき使い、妻の死を願いつづけながら、紳士面《づら》して詩を読んでいた金持の助平野郎を、俺はあの地下室で焼き殺してやるんだ。ぼくは自分の意志が萎えないよう、あえて心の中で、教科書を暗唱するように呟いた。

「話って、それだけかい」

ぼくはそう言って立ちあがりかけた。すると母は、寂しそうな顔をぼくに向け、もうひとつあるのだと言って、ぼくの手首を握った。

「私たち、もうじき、あの別荘から出て行くことになる。父さんは、塩沢湖の近くにペンションを持つんだ。美保は英語を勉強したいって言ってたから、たぶん東京へ行くつもりだと思うの。お前の大学へ行くためのお金も出来る。お前も高校を卒業したら、東京へ行くかもしれないね」

母はそのあと、長いことためらっていたが、やがてこう言った。

「母さんは、父さんと別れることになると思うの……」

「別れる？」

ぼくはいったんは驚いたが、すでに自分の未来を放棄していたので、どうでもいいや、と思った。その理由を尋ねようとしないぼくを、母は不審に感じたらしく、口を半開きにして、片方の親指でもう片方の親指の爪をしきりに撫で廻した。ぼくは、すべての謎が解けたぞと錯覚したのである。なるほど、そういうことか。布施金次郎は、甘い言葉で母をあざむいてきたのだな。妻が死んだら、お前を俺の妻にしよう。そのためには、この不器量で嫉妬深い妻を始末しなければならぬ。自分の方から、離婚を申し出るように仕向けようではないか。アトリエの隠し扉、地下室のベッドと花柄の羽根蒲団。妻が気づかない筈がない。どんなに我慢しても我慢しきれないときがくる。それまでに、増資計画を秘密裡に進めておく……。それこそが、「約束」の真の意味だったのか。支払われる金は、父やぼくや姉への慰謝料だったのだ。このぼくの読みは、最も重要な部分で外れていた。しかし、どの部分で外れていようとも、たいした問題ではなかった。ぼくはあと戻りしなかったであろう。

ぼくはひとつのものしか見えなくなっていたのだった。一本の糸は、どの角度からも、ぼくには無数の糸に見え、無数の糸は結局一本にしか見えない。そんなありさまであった。

「そのことは、父ちゃんは知ってんだな？」

母はテーブルに視線を移して頷いた。

「姉ちゃんも知ってるってわけだ」

「美保にはまだ言ってないけど、知らない筈はないと思う……」

ぼくの中の火は、心の枯れ草に落ちた。何もかも、ぶっこわしてやるさ。

「俺、朝早く起きて何をしてると思う？」

ぼくは父にばかり気を配っていたが、アトリエとせせらぎへの往復を、案外母に知られているのではないかと心配になり、そう訊いてみた。

「散歩してんじゃないの？」

母が、しらばくれているのかどうか試すつもりで、

「俺、毎朝、三浦貴子と逢ってるんだ」

と言った。当然、父から聞いて知っているものと思っていたのだが、母のびっくりした顔は作り物ではなかった。そのことが、ぼくを驚かせた。

「三浦貴子って、あの大きな画廊のお嬢さんかい？」

「ああ、そうさ」

母の顔に、うっすらと歓びとも安堵ともつかない笑みがひろがった。

「気立てのいいお嬢さんだね」

母はそう言ってから、まだふたりとも高校生であることを忘れてはいけないと、母親らしい注意を与えた。

「母さん、お前があのことで、一生荷物を背負いつづけるんじゃないかって気に病んでたの。でも、お前はあれ以来、とりつくしまもなかったし、まだ気持が乱れてるだろうと思って、なるべく言わないようにしてきたんだ。だけど、三浦のお嬢さんと毎朝逢ってるなんて、とても楽しいことだね。だんだん、あのことを忘れていってる証拠だよ。ああ、母さん、安心したわ。お前が可哀相で、母さん、それだけが心配だったの。あんな思いも寄らない事故で、お前が曲がっていったりしたらどうしようか。母さん、それを思うと、ほんとにたまらなくなるんだもの……」

母はテーブルの上で両手を合わせ、まるでぼくを拝むようにして目をきつく閉じた。両の目から、涙が伝っていた。いったいどういうことだろう。ぼくは何が何だか判らなくなってきた。父は、ぼくの早朝の行動を、なぜ自分ひとりの腹の中にしまっているのだろう。なぜ布施金次郎は、書斎のカーテン越しに見た光景を、母に明かさないのだろう。ぼくは、母と相合傘で家に帰った。道すがら、ぼくと母はひとことも言葉を交わさなかった。ぼくは、考えることに、もう疲れ果てていたのだった。

五本のワインの壜に灯油を詰め、別荘のはずれから地下室とを二往復する作業は、想像していたよりもすみやかに終わった。ぼくは、灯油の缶を道具小屋に戻し、貴子の待つ森の小径へ駆けていった。雨は霧に変わっていた。

霧は深く、どこからが森で、どこまでが小径なのか区別がつかなかった。手が震え、微熱があった。ぼくはあたりを見渡し、

「霧だよ。早く出てこないと、帰っちまうからな」

と言った。

「ここよ」

声の方を見たが、樹木の淡い輪郭が、巨大な蜘蛛の巣みたいに張りめぐらされているのが目に映るすべてであった。

「出ておいでよ」

「いや」

「どうして？」

「だって、霧が出たんだもの」

その貴子の声は心細そうで、しかもうわずっていた。

「俺、ほんとに手が震えてるし、熱もあるんだ」

森の中を駆けてくる足音が響き、何かの弾ける音と、貴子の悲鳴が聞こえた。

「どうしたの?」

「樹の枝にぶつかったの」

「走ったりするからだよ」

「こっちへ来て」

 ぼくはそろそろと声の方に近づいていった。濡れた木の葉や細い枝が、顔やセーターに当たって、そのままへばりついた。

「水の中にいるみたいだ」

やっと貴子のいる場所に辿り着くと、ぼくは、彼女の頬を両手で挟み、唇を合わせた。貴子は、ぼくの顔に付いた木の葉を取りながら、

「ほんと……。凄く震えてる」

と囁いた。それから、ぼくの両手に自分の両手を重ねた。そして、ぼくを引き寄せ、唇でぼくの熱を計った。

「霧が晴れたら、おさまるの?」

「うん、嘘みたいにおさまるんだ」

「そうよ、嘘なのよ。体が嘘をついてるんだわ」

その言葉は、ぼくの奇妙な病気の本質を言い当てているような気がした。貴子はカ

ーディガンのボタンを外して欲しいと言った。ぼくがそうすると、次に貴子は自分で白いブラウスのボタンを外した。ぼくが性急に手を滑り込ませようとすると、貴子はぼくに強い力で抱きつき、

「私、恥しいことをしたの。嫌われるかもしれないようなこと」

と言った。その意味は、ぼくの抑えきれない欲情の手が、ブラウス越しに乳房を包んだとき判った。貴子はブラジャーを身につけていなかったのである。

「嫌いになんかなるもんか」

ぼくは、ブラウスを左右に開き、貴子の乳房を見つめた。そして、その両方を、自分の掌に入れた。それはころころと逃げ廻って、血の巡りの悪くなっているぼくの手を温めた。濃い霧を透かさなくても、貴子の乳首という月と、その廻りにかかった暈《かさ》が、ともにおぼろな桃色で彩られているのを知った。貴子はぼくの肩に両手を載せ、目を閉じたまま、何度も唇を寄せてきた。そうしながら言った。

「修平さんの熱が曳《ひ》くまで、こうしてる」

ぼくたちは、とても長いあいだ、深閑とした霧深い森の奥で、抱擁し合っていた。すると、次第にぼくの手の震えはおさまり、心臓の鼓動も鎮まっていった。頭の鈍痛も消えたのである。けれどもぼくは、それを貴子に教えなかった。どんな言い方をし

ても、嘘と取られるような気がしたのである。ぼくは貴子によって浄化されることで、貴子の生命を傷《いた》めるのではないかと心配になった。

時間が来て、ぼくたちは離れた。霧はいっそう深くなった。樹々の廻りをあちこち歩いて、貴子は何かを捜していた。それが何かを、やっと白状したとき、ぼくは近づきつつある布施金次郎を殺す瞬間を想像して残忍な陶酔にひたり、貴子に至純な愛情を感じて歓喜に身をゆだねた。貴子が捜していたのは、樹の根っこに小さく折り畳んでぼくの目に触れないようにしておいたブラジャーだった。

8

八月に入った。軽井沢はにわかに避暑客が増え、ざわめきは森林のところどころに呪文とおぼしき響きを生じさせ、人間たちの匂いは、樹や腐葉土のかもしだす香りを弱めた。

ぼくは、母と父との離婚話を、直接母の口から聞いたことは、父にも姉にも言わなかった。父は何も語らぬ人になっていたし、姉はいつも帰りが遅く、ぼくとの会話を避けている様子だったからだ。だが、人を殺す日が近づいていることに対する恐怖は、再びぼくに姉を求めさせた。それが、あくまでも精神的なものではなく、肉体的なものであった点において、ぼくは後年、自分がどれほど姉の心による愛撫を希求していたかを知ったのである。

ぼくは、姉が布施金次郎から金を受け取る正式な日を知りたかった。それで八月三日の夜、父が常よりも早く寝床につき、母が風呂に入っている隙を見て、家から出た。別荘の門のあたりで、姉を待とうと思ったのだった。誘蛾灯のあかりを頼りに歩きだしたとき、ぼくはアトリエの電灯が灯っているのを見た。毎年、夜ふけにアトリエのあかりを目にしたことはあったが、ことし、つまり夫人の死後、そこにあかりがついているのは初めてだった。しかも、布施金次郎の書斎にもあかりが灯っていた。かつて、アトリエと書斎の電灯が同時に灯っていたことはなかったのである。ぼくは、足音を忍ばせ、アトリエに近づいていった。中からカーテンがかかっていたが、人影がひとつ動いていた。それは女だった。ぼくは姉だと思った。そうか、帰りが遅いのはそのせいか。これから、地下室で布施金次郎との時をすごそうというわけか。ぼくは憎悪をむきだしにした表情でアトリエのドアをあけた。その瞬間のぼくの驚きは尋常なものではなく、思わず悲鳴に似た声を洩らしたほどだった。妹娘の志津が、大きなパレットナイフで、キャンバスに黒い絵具を塗りたくっていたのである。ぼくは、初七日が明けた翌日から、志津も別荘に来ていることは耳にしていたが、実際にその姿を目にしなかった。幼少から胸を病んでいる志津が、あの事件以来ずっと熱が出て、寝室で臥《ふ》せったままだと恭子に教えられても、ぼくはなぜか嘘ではないかという気がしていた。なぜなら、父や母の口から、一度も志津に関する話題が発せられなかったからである。ぼくは自分のあきらかな狼狽《ろうばい》ぶりをとりつくろおうとして、

「てっきり、旦那さまだと思ったもんだから……」

と言った。志津の顔色は黄色い電灯の光を受けていても青かった。ナイトガウンを着ていたが、確かにこの半月ばかりのあいだに相当瘦せたことも窺われた。

「修平さんも、瘦せたわね」

ぼくが黙っていると、

「蛾が入ってくるから、ドアを閉めて下さらない？」

そう志津は言って、持っていたパレットナイフをテーブルに置いた。そこには、アトリエの鍵があった。けれども、それは布施金次郎の書斎にあったものではなかった。布施金次郎の使っている鍵は真鍮製だったが、何本かの絵筆やパレットナイフや絵具の散乱するテーブルに置かれている鍵は、アルミで出来ていたのだった。ぼくは、ドアを閉め、

「病気なのに、どうしてお姉さんと一緒にテニスなんかしてたんですか？」

と訊いた。

「私はテニスコートのベンチに坐って見てるだけ。せめて格好だけでもみんなと同じようにしたいだろうからって、お母さまが着せてくれたの」

「ときどき、このアトリエに入るんですか？」

ぼくは、志津に気づかれないよう、そっと、しかし奇妙な胸騒ぎに襲われながら、アルミの鍵に目をやった。鍵は黒ずんでいて、決して最近作られたものではなかった。

「お父さまに叱られるから、この四、五年は入らなかったの。でも小学生のときは、しょっちゅう内緒で入って遊んだわ」

「恭子さまも？」

「お姉さまは、このアトリエが嫌いなんですって。お父さまに叱られるのもいやだし、なんだか気味が悪いからって」

ぼくはこれ以上話をしていると、うっかり余計なことを喋ってしまいそうな予感がしたので、アトリエから出て行こうとした。すると、志津は言った。

「私、あさってから西軽井沢の病院に入院するの。たくさんの結核菌が出てるんですって。お姉さま、それを聞いた途端、私の傍にこなくなったわ。見えすいた口実を作って東京へ帰っちゃった。私の菌は横綱クラスだってお医者さまが言ってたわ。もうどんな薬にも耐性が出来てて、新しい特効薬でも発明されない限り、治らないの。お母さまのせいよ。私がここまで悪くなったのは」

「どうして、お母さんのせいなんですか？」

とぼくは訊いた。訊きたいことは他にあったが、自分から先に口にするわけにはいかなかった。

「いったん良くなってたのに、中学生のとき再発したの。そのとき、二年でも三年でも学校を休んで、薬を服《の》みながらこの別荘で療養してたら、こんなに悪くなったりしなかったと思うわ。だけど、お母さまは無理矢理私を東京に連れて帰ったの」

志津の表情には、自分の母を死に至らしめたぼくへの憎しみが、ひとかけらもなかった。何かを悟りきった、別の言い方をすれば、生きることを捨てた人特有の、どこかあっけらかんとしていて、なおかつある種の粘着力を感じさせる光を、その垂れ気味の丸い目にたたえていたのだった。そして、生きることを捨てたという表現を使うならば、ぼくとて同じだったのだ。

「私、あと五年も生きられないような気がするの」

と志津は呟いて、パレットナイフで、キャンバスの黒い絵具をはがし始めた。

「栄養のあるものをいっぱい食べて、ちゃんと療養したら治るよ。死んだりなんかするもんか。薬だって、きっといい薬が出来るさ」

「両方の肺に四つも空洞があるのよ。そのうちの二つは鶏の卵よりも大きいんだもの」

そして志津が、次にひとりごとなのか、それともぼくに聞かせたかったのかいまでも判別出来ずにいる言葉を呟いたとき、ぼくは何の計算でも演技でもない驚きの声を発したのである。

「……地下室のせいじゃないわ」

「地下室？」

ぼくは、このどこから見ても賢そうではなく、繊細なところなど微塵も持ち合わせていないと思っていた志津が、じつはまったくそうではなかったのを、たったひとことで知ったのであった。——地下室のせいじゃないわ——。それは多くの意味を含んでいた。多くのものを感じた人間でなければ、簡単なひとことに無数の思いを込められるわけがない。姉の恭子も知らない幾つかの秘密を、妹の志津が知っていた。その驚きによって、ぼくの口から吐き出された「地下室？」という言葉は、なぜ地下室のせいではないのかを思わず問いただしていたのだが、志津には単純な疑問として聞こえた。それは、事件のあとの、警察の執拗な追及からぼくを救う大きな要因となったのである。

ぼくは慌ててもう一度訊いた。こんどは演技力を駆使して、

「地下室って、何のこと？」

「何でもないわ。私の胸の空洞のことかな……」

「ああ……。でも、ぼくのクラスにも小さいときから結核で、長いこと学校に行けなかったやつがいるよ。おんなじ学年だけど、歳は三つ上なんだ。そいつ、いまは丸々太って、他のやつらよりも元気だよ」

ぼくはアトリエを出、五、六歩行って、また戻った。

「ぼくたち、もうじきこの別荘から出て行くんだ。ぼくは、奥さまを死なしたんだから……」

ぼくの言葉が終わらないうちに、

「もうじきって、いつ？」

と志津は訊いた。

「はっきりとは決まってないけど、八月中には出て行くと思うな」

「どこへ行くの？」

「さあ、ぼくは聞いてないから……」

「軽井沢以外のところ？」

「たぶんね」

ぼくはとりあえずそう答えておいた。すると、志津は、

「修平さんと二人きりで話をするのは、これが最初で最後なのね」

そう言って背を向け、突然向き直ってぼくを見つめた。

「私、ロマンチスト過ぎるって、いつもお姉さまに笑われるの。でも、私がロマンチストなのは当たり前でしょう？　不器量で肺病の女の子……。そんな私が、しおれてたり、いつも小脇に小説なんか挟んでたりしたら、みんなに笑われるわ。だって、絵になるようでならないんだもの。そんなの滑稽よ。だから私、いつも人の前では剽軽《ひょうきん》ぶったり、わざと嫌われるようなことを言ったりしてたの」

それから、志津は随分ためらったのち、こう言ったのだった。

「私、みんな許してあげるわ。ロマンチストだから」

みんな？　それはどういう意味だろう。ぼくは自分の住まいに帰って行きながら考えた。みんなとは、自分の父や、ぼくたち一家を指していたのだろうか。それとも、ぼくのすべての行為を意味していたのだろうか。前者なら、志津はとうの昔に、別荘の中で起こっている事柄をすべて知っていたことになるし、もし後者なら、あるいは、ぼくが故意に門柱を倒したのを知っているとも取れるのだった。いや、志津はただぼくの取り返しのつかない過失を許してあげると言いたかったのだ。弱った体と幾分昂揚した心が、つい〝みんな〟という言い方をさせたのだろう。そうに違いない。

ぼくは自分に言い聞かせ、家の戸口から中を覗いた。姉はまだ帰っていなかった。書斎のあかりも灯ったままだった。ぼくは、別荘の門を出て、低い石垣に坐った。

あの合鍵は、きっと夫人が作ったのだろう。最初、ぼくはそう思い込み、あのヒステリックな夫人が、アトリエの隠し扉や地下室や、ベッドや花柄の羽根蒲団を目にして、よくもまあ長いあいだ知らぬふりをしつづけられたものだ、と考えたのだが、いつしか割り切れない気持で、生前の夫人の言動を脳裏に甦らせていた。あの女は、そんな辛棒の出来る人間ではない。逆上して、即刻、ぼくたちを追い出した筈だ。夫人には、知らぬふりをしなければならぬ理由はないのだから。そう思い至ったとき、ぼくは志津という、これまでずっと小馬鹿にしつづけてきた娘に、畏怖《いふ》と憐憫《れんびん》の、二種類の感情を抱いたのだった。合鍵を作ったのは志津だ。彼女は何もかもを見ながらも、ひとり自分の胸にしまい込んできたのだ。このぼくの確信は、おそらく間違っていないだろうと思った。しかし、志津がいみじくも言ったように、ぼくと志津との二人きりの会話は、その夜が最初で最後だった。

三十分ほどたった頃、遠くの誘蛾灯の余光に上半身を縁取られた姉が近づいてきた。

「毎晩、遅いんだな」

とぼくは石垣に坐ったまま言った。

「この一週間、毎日東京へ出張してるの。くたびれちゃった」

姉は溜息をついて、ぼくの横に腰を降ろした。

「金を受け取る日は決まったのか？」

「決まったわ。二回に分けて払うって」

「いつ？」

「今月の十三日と十五日よ」

「あいつ、ほんとに払うかな」

「払うわよ」

「金を受け取ったら、そのことをちゃんと俺に教えてくれよな」

「どうして？」

「早く出て行きてェんだ。一日でも早くこの別荘から」

ぼくは、あと十二日かと思った。姉は、よそよそしかった。ぼくのことなど、すでに眼中にない。ぼくの質問に明確に答える言葉は、明確なだけに、ある種の冷たさを放ち、ぼくにそのような印象を与えたのである。ぼくは姉の胸に顔をすりつけたかった。けれども、仄暗い森の道で、薄青く浮かび出ている姉の横顔は、ぼくの行為を冷徹に拒否しそうに見えた。

「冷たいんだな。別に、冷たくされたってかまわねェよ。俺には、姉ちゃんがあいつから一銭の金も受け取れねェように出来るんだぜ」

そのあと、ぼくはとうとう言ってしまったのである。

「俺は、わざと門柱にぶつかったんだ。あれは事故じゃねェよ。俺はあの豚を殺したんだ。事故にみせかけて。嘘じゃない。布施金次郎に聞いてみな。あいつは書斎のカーテン越しに見てたんだってさ。あいつは俺を脅しやがった。俺も脅してやったよ。あんたに、奥さんを殺してくれって頼まれた。そう警察に言ってやるってね。俺はいまから警察へ行ったっていいんだぜ。約束の金のことも、みんな喋ってやる。姉ちゃんの苦労も水の泡さ」

ところが、姉の表情には露ほども驚きの色はなく、かえっていっそう冷たくぼくを見やったのだった。

「私も脅されたわ。あの人、お金を払いたくないもんだから、そんな根も葉もない嘘をついてね」

「嘘じゃねェんだ。ほんとに俺は殺すつもりで門扉と一緒に倒れていったんだ」

「自分でそう思ってるだけよ。あのとき、霧が出てたから、修平は正常じゃなかったのよ。たとえ事故でも、ひとりの人間を死なせたことは間違いないんだから、修平がどんなに苦しんだか、私には判るわ。事故のことを思い出すたびに、修平はだんだん自分の意志で殺したような錯覚を持っちゃったんだわ」

「あのとき、霧は出てなかったよ。空は青かった。俺は青空に凄い数の鳥が舞いあがるのを見たんだ。殺す直前にね」

「それがもう修平の錯覚なのよ。濃い霧が出てたじゃないの。冷静に思い出すのよ」

ぼくは言葉を喪った。姉はつづけた。

「私、面白くないの。修平と三浦貴子さんとの、毎朝の逢い引き……。そんな修平が、私のことを冷たいなんて言うの、いい気なもんよ」

姉にしてみれば、ぼくを手玉に取ることぐらい朝めし前だったのだ。ぼくの心はたちまちとろけてしまい、姉の唇に吸い寄せられていった。

「もう駄目よ。三浦貴子さんと天秤にかけられるのはいやだわ」

「どうして、俺とあの子とのこと、知ってるんだ？　父ちゃんが言ったのか？」

「父さん、知ってるの？」

姉の表情にかすかな変化が生じた。

「知ってるんじゃないかなァって気がするんだ」

「おととい、修平のあとを尾けて行ったのよ」

「いやらしいことするんだな」

「貴子さんと抱き合ってるときの修平って、凄く色っぽいわ。でも素敵ね。犬が、ちゃんとお坐りして、二人が離れるまで、不思議そうに見てるなんて」

その言葉は、姉が嘘を言っているのではないことを証明していた。足の怪我が治った犬を伴うのは、貴子がぼくとのことを家人に知られないための、格好のカモフラージュで、八月一日から、彼女は以前のように犬を連れてくるようになっていたのだった。そして犬は、その最中、いつも傍に坐って、ぼくたちを見つめているのである。

「心中多少穏やかじゃないけど、私、三浦貴子さんがとっても魅力的だってこと認めるわ。約束のお金を受け取ったら、お父さんはペンションの経営者になるのよ。修平は大学へ行けるし、お父さんにも生甲斐が出来る。そうなったら、修平も貴子さんとは対等よ。そうでしょう?」

ぼくの精神は鎮まり、あまつさえ、布施金次郎への殺意すら弱まりかけた。父に生甲斐が出来る――。それは不思議な力を持ったひとことであった。ひとこと……。そう、ひとことなのだ。ひとことで、人は自分の中の無数の風を熱く暴れさせたり、こちよくそよがせたりするのである。なんと、おぼつかない生き物であろう。言葉だと、ひとこと。場面だと、一瞬。そしていつも、人は自分の行為を、〝ひとこと〟や〝一瞬〟のせいにする。それによって動いた自分の中の風のせいには決してしないまま、あと戻り出来ない道を歩きつづける。風に、好き勝手に翻弄された自らの弱さを顧みたりはしないのだ。

姉はそれきり何も言わず、ぼくを残して、別荘の敷地をまっすぐ家に向かって歩いて行った。ぼくは、そのまま同じ場所に坐り込んだまま蛾やかなぶんぶんが誘蛾灯にぶつかる音に聞き耳をたてた。それは近くで遠くで聞こえた。燃え盛る木のはぜる音に似ていた。姉は、夫人が死んだとき現場にはいなかった。けれども、布施金次郎から話を聞いて、ぼくが故意に門柱を倒したことを知ったのであろう。姉は、それを布施金次郎の作り話とは取らなかった。そうでなければ、どうしてあの日霧が出ていたなどと言い張ったりするだろう。

つかのま、ぼくは夢多い少年に還った。洒落たペンション。そこで新しい生甲斐を見出し、張りきって働く父。夏、ぼくは東京の大学から軽井沢に帰って来て、父の仕事を手伝いながら、貴子をわざと怒らせたり焼きもちを焼かせたり、逆に同じめに遭わされたりしつつ、深くつながっていく。ぼくとて、人を殺すのは恐かった。ぼくが第二の殺人さえ犯さなければ、夢想は現実になる。ぼくは、確かにその瞬間、布施金次郎への殺意を放棄して立ちあがったのである。

ぼくは、姉と一緒に家に帰ればよかったのだ。だが、二分か三分遅れて別荘の敷地内に入ったことを、偶然だとは言わずにおこう。ぼくはその時点で、あと戻り出来ない道を、もう半分以上も進んでいたのである。

目の前に、布施金次郎が立っていた。彼は軽く体操をしながら、

「もうじき、きみたち一家ともお別れだねェ」

と言った。そのいかにも肩の荷が降りたという言い方に、ぼくは少しむかっとした。それで、

「でも、母ちゃんは、あんたと離れる気はありませんよ。母ちゃんは父ちゃんと離婚するそうだから」

と言った。

「そうなの。しかし私とは関係ない。それはきみの両親の問題なんだろう」

ぼくはあることを思いついて、探りを入れてみた。

「さっき、アトリエに志津さんがいました。あさって、入院するそうですね。そんなに病気が悪くなってるなんて知りませんでした」

「アトリエに？」

布施金次郎の眉間《みけん》に皺が寄った。鍵は自分が持っているのだから、志津はどうやってアトリエに入ったのかという疑念が生じたに違いなかった。

「志津さん、自分の病気がこんなに悪くなったのはお母さんのせいだ。地下室のせいじゃないって言いました。毎日、先に地下室にもぐり込んで、ワイン棚の隙に隠れて、自分の父親のやってることを見てたんですよ。自分で合鍵を作ってね。自分はあと五年ぐらいで死ぬような気がするからって、ぼくに全部教えてくれました」

布施金次郎は、めまぐるしく目の玉を動かしていたが、ときおり背後を気にしながら、

「きみは何を企んでるんだ？　志津にそんなことは出来っこないじゃないか。地下室へ先に入るのも、私たちのあとから出るのも、不可能だよ」

布施金次郎は初めて、「私たち」と言ったのだった。彼は自分が口を滑らしたのに気づかなかった。それほど動揺していたのであろう。

「薪の束を載せた莫蓙を動かしたり元に戻したりする人間が必要だからでしょう？」

彼は黙っていたが、その瞠いた目は、そうだと答えていた。

「志津さんは、それが誰なのかは言いませんでした。ぼくも聞かなかった。だって、志津さんが見ていたものと比べたら、そんなのはたいした問題じゃありませんから

ね」

ところが、布施金次郎にとったら、それはじつにたいした問題だったのである。彼はぼくの腕をつかみ、誘蛾灯のあかりを避けて、敷地の隅に連れて行くと、こう言った。

「私たちはねェ、私たちは、真剣だった。志津は理解出来た筈だよ。だから、きみに喋ったんだろう。だけどねェ、美保はとんでもないあばずれだった。それが判るのに長いことかかった。美保はねェ、きみの姉さんはねェ、まだ十四歳のときに、すぐに腰の使い方を覚えたよ。私はどうかしてたんだ。小娘に溺れたよ。実際、美保には溺れたねェ。いま、やっと岸辺に泳ぎ着いて、ほっとしてるところだ。そのうえ、金までくれてやる。まあ、何年間も妾を囲ったと思えば気も済むし、きみのお父さんへの償いの分も含んである。それにしても法外な金だがね」

ぼくは、汗が腋の下を伝っていくのを感じた。こいつと母とは真剣だった。こいつと姉とはけだものの交わりだった。どちらも、ぼくには耐えがたく、その場で布施金次郎をずたずたに切り刻んでやりたかった。彼は荒い息遣《づか》いで別荘の玄関へ戻り、慌てて小走りで戻ってくると、息を整え、いやに静かな口調で言った。

「しかし、私は前にも約束したように、きみのお母さんとのことは、いつかきっと書き残しておくよ、どうしてそうなったのか。それだけは、きみに知ってもらいたいからね」

「早く書いて下さい」

布施金次郎はかぶりを振り、

「何もかも、遠い昔の夢みたいになってからの方がいいんだ」

と答えた。

「そんなの、もう意味ないでしょう。ぼくは志津さんから聞いてしまったんだぜ」

「それは、行為だけだ。全体の中の部分だ。汚ない部分だけ見て、全体までがすべて汚ないと取られるのが、私はいやなんだ」

「じゃあ、姉ちゃんとのことはどうなんだよう」

「美保を、どう表現したらいいのか、私には判らんよ。いや、美保だけじゃない。考えてみれば、きみも、きみの家族も、薄気味悪い悪魔みたいなもんだった。私は最近、やっとそれに気づいた。私は自分の別荘の中に、悪魔の一家を飼ってたわけだ」

布施金次郎は、別荘の二階を見あげた。それまでついていた志津の部屋のあかりが消えたのである。彼は何度もつまずきながら玄関に辿り着き、一度ぼくの方を振り返って、邸の中に入った。ぼくはいつまでも立ちつくしていた。布施金次郎は志津に事の真偽を問いただしてみるだろうか。おそらく、しないだろう。そう思って、二階を見あげていた。志津の部屋の灯りは消えたままだった。そのうち、ぼくの家の電話が鳴った。それは、布施家の居間とぼくたちの家だけをつなぐ電話だった。ぼくは身をかがめ、足音を忍ばせて別荘の玄関に耳を押しつけた。父は寝ている筈だから、母か姉かのどちらかと布施金次郎は手短かに話をした。

「急用が出来た。いまから東京へ帰る。ああ、タクシーで行くよ。電車はもうない。四、五日帰れないと思うから、志津の入院には久保について行ってくれるよう言ってくれ」

そして、しばらく間をおいてから、

「十七日にしよう」

と布施金次郎は言った。受話器を乱暴に降ろす音が聞こえ、すぐにダイヤルを廻し始めた。ぼくは、電話に出たのが母なのか姉なのかを知りたかった。ぼくは身をかがめたまま走った。何食わぬ顔をして、戸をあけた。姉は風呂に入っている最中だったのである。電話の音で目を醒ましたらしい父が、母の説明を聞いていた。

「タクシーで東京まで帰るだなんて、どんな用事なのかしら」

台所で水を飲んでいるぼくを意識してか、母はそれだけ小声で言うと襖を閉めた。

きれいごとを並べても、最後は本心が出たじゃねェか。ぼくは蒲団に横たわって、そう思った。悪魔の一家を飼ってただって？　美保はまだ十四歳のときに、すぐに腰の使いかたを覚えただって？　とんでもないあばずれだったって？　おめえも、どたんばになったら、そんな下品な言葉を使うんだな。俺は必ず、おめえが焼け死んでいくのを、この目で見届けてやるさ。ぼくは眠れないまま、性器をもてあそんだ。遠くにススキのなびく畑の中で、貴子の最後の下着をはぎ取ったり、すさまじい雨の降る森の中で、ずぶ濡れになった貴子と交わっている光景を想像した。けれども、性器は充血しなかった。

ぼくは夜明け近くまで眠れなかった。ぼくは布施金次郎に口から出まかせを言ったのだが、もしかしたら、志津は本当に、地下室のどこかに隠れて、自分の父が二人の女と愛欲にひたっているさまを見ていたのかもしれないと考えた。――私、みんな許してあげるわ。ロマンチストだから――。その志津の言葉を、何度心の中で呟いてみたことだろう。そのうちぼくは、それほど深く考えて布施金次郎に言ったのではない自分の言葉に慄然としたのである。そうだ、志津が地下室に入るのにも出るのにも、誰かの手助けが絶対に必要だ、それは恭子ではない。彼女は地下室の存在を知らなかった。夫人だろうか。そんな馬鹿なことがある筈はない。断じて夫人でもない。

「私たちは、真剣だった。志津は理解出来た筈だよ。だから、きみに喋ったんだろう」

「それは、行為だけだ。全体の中の部分だ。汚ない部分だけ見て、全体までがすべて汚ないと取られるのが、私はいやなんだ」

その布施金次郎の言葉と、志津の言葉とはどこかに接点があった。

夜明けの空は暗くなり、雨が降ってきた。ぼくは、少しまどろんだような気がして、目を醒ますと枕元の目覚し時計を見た。少しどころではなく、四時間以上も眠りこんでいた。九時前だった。ぼくは顔を洗い歯を磨き、傘をさして、貴子の待ついつもの場所へ走った。ぼくたちはきっかり六時に逢い、七時半か八時に別れるのが常だったので、たぶん、貴子はぼくに何か用事が出来たのだと思って、別荘に帰ってしまったのだろう。殆どあきらめながら、繁った巨木の葉が烈しい雨をさえぎって、そこだけぽつんと小雨を降らせている場所にたたずんだ。木の枝がどこからか飛んできて、ぼくの腰に当たった。

「いるの？」

ぼくは傘をたたみ、

「ねェ、いるの？」

と大声を出した。

「私、風邪をひいちゃった」

また木の枝が飛んできた。

「急に用事が出来て、駅へ行ってたんだ」

「嘘。寝坊したくせに」

「どうして判るの？」

貴子は赤い傘をさしたまま、一本の巨木の陰から顔を出した。

「ここだけ、雨がやんでるよ」

ふくれっつらをしたまま、ぼくを睨みつけていたが、突然、貴子は傘を投げ捨て、ぼくにむしゃぶりついた。

「三時間も待ったんだもん。坐るところもないし、樹に凭れることも出来ないし……」

ぼくは貴子の口を封じた。けれども、すぐどちらからともなく離れた。たとえどしゃぶりの日でも、九時にもなれば、人が通るに違いなかったからだ。そこが、どんなに幻想的な一角であったかを、ぼくはいまでもうっとりと思い出す。強い雨の粒は、宇宙の星の数にも匹敵しそうな森の木の葉という木の葉をことごとく打って、その音はもはや音ではなく、宇宙それ自体の叫び声と化してしまう。そして、ぼくと貴子のいる場所は、宇宙の片隅の、ひそやかな、しっとりと濡れた平穏な空間を成していたという郷愁に誘うのである。

「私、きのう、修平のお姉さんを見たわ」

と貴子は言った。

「駅で。私、いつも見惚《みと》れちゃうの。あんなきれいな人、滅多にいないわ」

「貴子の方がきれいだよ」

「そういうのを、見えすいたお世辞って言うのよ」

ぼくは貴子とおでこをすり合わせた。ふいに、思いも寄らぬ考えが心をよぎった。志津の手助けをしていたのは、姉ではないのか、と。志津は、自分の父とぼくの母との関係は知っていても、姉とのことは見なかった。だからこそ、ロマンチストでいられたのだ。布施金次郎と志津との言葉は、そこで符合するではないか、と。ぼくは、貴子が「痛い」と訴えるくらい強く乳房をつかんだ。

ぼくはここで、ひとりの忘れ難い青年について語っておかなければならない。そして、その青年が巻き起こした小一時間足らずの出来事に関して、ぼくはひとりよがりな論理的分析などはいっさい挟まないでおこうと思う。

9

ぼくの父に伴われ、布施志津が西軽井沢の病院に入院して五日目、絹巻刑事が突然訪れた。ぼくの住まいの戸口に立った絹巻刑事の、ポロシャツの上に鼠色の背広を着た姿を見たとき、ぼくにはもう何も恐いものはない筈なのに、全身が凍りついてしまいそうになった。絹巻刑事と顔を合わすのは、夫人が死んだ日以来だった。父は、病院の食事があまりにも粗末なのに驚き、コックの岩木と相談して、毎日自転車で、片道一時間近くかかる西軽井沢の病院まで、志津のために夕食を届けていた。ぼくはそれを岩木から聞かされた。だから、志津が入院して以来、父は二時頃出発して、夕方帰ってくる日がつづいていたのである。母は、別荘の掃除をしたり、上等の食器を磨

いたりして、日を過ごしていた。絹巻刑事は、戸口から中を窺い、

「ひとりかい？」

と訊いた。ぼくは体を固くさせ、無言で頷いた。

「ほんとは、お父さんとお母さんが一緒の方がいいんだけどね」

絹巻刑事はそう言って、破顔一笑し、ぼくが正式に不起訴処分になったことを伝えた。そして、

「何かジュースでも飲まないか？　奢《おご》るよ」

と誘った。何度も言うようだが、そのときぼくにはもはや何も恐いものなどなかったのだ。底無しの頽廃《たいはい》と虚無だけが生みだす特殊なエネルギーは、ただ布施金次郎を焼き殺すことにのみ集中していた。

ぼくと絹巻刑事は、並んで森の道を歩き、聖パウロ教会の近くまできた。絹巻刑事は親しげに、ぼくの肩に腕を廻した。ヤニ臭い腕だった。彼は言った。

「一週間ほど前に、被害者のご主人が署まで来て、将来ある少年だから、どうか寛大な措置をお願いしたい。法的には確かに罪にとわれる事故を起こしたが、考えてみれば、おとなが二人がかりでも動かすのに大変な門扉を、まだ十七歳の少年ひとりに早く動かせと命じた妻の方に落度《おちど》があったような気がする。布施金次郎さんは俺にそう

言ったよ。我々警察の者も同じ考えだったからね。なんとなく嬉しかったし、ほっとしたよ」

そして絹巻刑事は、よかったなと腕に力をこめたのだった。一週間前といえば、ぼくが夜ふけに布施金次郎と話をした一日か二日前なのだ。ぼくは布施金次郎の真意を計りかねたし、こんな場合、どのように刑事に対して振る舞えばいいのか警戒して、なるべく目を合わさぬために、うなだれていた。この四十二、三歳の、温かいのか冷たいのかつかみどころのない、笑うか睨むかしかしない絹巻刑事が、約十日後に、残忍な殺人者としてぼくを逮捕する際の表情を想像すると、ぼくはなにかしら恐怖と歓喜の入り交じった疼きを感じたのだった。

本通りにさしかかったとき、絹巻刑事はいつもの倍近い人混みに目をやって、

「馬鹿みたいに、若いのが八月になるとどっと軽井沢に押し寄せてきやがる。酔っぱらって、別荘に忍び込むやつがいたりしてねェ。そのたびに、こっちはお上品な奥方さまにねちねち無能よばわりされるんだ。ここは特別な場所でございましょう？　警察の方も、そのつもりでお仕事に励んでいただきとうございますわ、ってね」

と吐き捨てるように言った。最後の女の言葉は、じつに上手な声色《こわいろ》と抑揚を使って。だが、喋り終わるとすぐに、絹巻刑事の表情は険しくなった。人混みの様子が変

だったからだ。たくさんの野次馬が何かを取り巻いているということは、やがてぼくにも判った。絹巻刑事は舌打ちをし、ぼくの肩から腕を降ろすと、

「これだ。ひと昔前は、確かに軽井沢は特別な場所でございましたよ」

そうひとりごちて、人混みに割って入った。頭の真ん中から分けた髪を肩まで伸ばした色白な青年が、怯えた目でたたずんでいた。歳は二十歳を少し過ぎたあたりだったろう。汚れたカッターシャツを着、膝から下を切り捨てたジーンズを穿き、ゴムのサンダルをつっかけていた。彼は両腕で何かを大事そうにかきいだいていた。それは、一匹のペルシャ猫だった。猫は、まるでそこが自分の住み慣れた場所であるかのように、青年の腕の中で悠然と身を丸め、野次馬たちを見返していた。

「百万円だぜ」

そんな声があちこちから聞こえた。毛は銀色がかった灰色、左目は青緑色で右目は灰色。ビラに書かれていた特徴に、そっくりそのままのペルシャ猫だったのである。

「おい、早く持ってけよ。百万円だぜ。お前、知らねェのかよォ」

誰かが青年の肩を突いて言った。青年は震えていた。とにかく、ビラは軽井沢のいたるところに貼られていたし、百万円という法外な懸賞金がついていたのだから、絹巻刑事も知らない筈はなかった。しかし、そのペルシャ猫の話題は、人々のあいだか

ら忘れられかけてもいたのだった。

　ふいに青年は野次馬をかきわけて歩き始めた。片方のサンダルが脱げた。それなのに、青年は歩みを停めなかった。居合わせた人々の多くは、青年が郵便局の角を左に曲がって、持ち主の別荘へ行くものと思ったらしかった。百万円の現金が渡される場面を見ようと、人々は青年のあとをぞろぞろとついていった。絹巻刑事は複雑な表情で、ときおりぼくに目をやった。絹巻刑事としては、たかが猫のことで、職権を使って青年を尋問するまでもないにせよ、かといってこのまま放置しておいていいものかどうか判断に苦しんでいたのに違いない。絹巻刑事はぼくの耳元で、

「たぶん、あの猫だろうな。知ってるだろう？」

　と訊いた。

「はい」

「警察に捜査願いが出てるわけじゃないしなァ……」

　そう言ってから、彼は、許可なく貼られたビラが軽井沢の景観を乱すと、あちこちの別荘の住人たちに警察が抗議されたことを早口で話して聞かせた。

「風紀係の者がわざわざ懸賞金を出したやつの別荘まで足を運んで、樹とか公共物に貼ってあるビラだけははがさせたんだけどね」

いつのまにか、大勢の行列が、いささか異様な雰囲気を持つ青年のうしろにつらなっていた。商店の主人や従業員も、何事かと通りに顔を出し、

「あの猫、百万円じゃないの」

とか、

「どこでみつけたんだい」

とか囁き合った。そのうち、どよめきが起こった。ペルシャ猫を抱いた青年は片方を素足のまま、郵便局の角を曲がらず、そのまま真っすぐ進み、ときどき、自分の後方に出来あがった騒々しい行列を振り返りながら、足を早めたのだった。絹巻刑事とぼくは顔を見合わせた。しばらく道端に立ち、ますます数を増した野次馬の行列を見送っていたのだが、青年が諏訪神社とは反対への道を、逃げるようにして曲がったのを知ると、絹巻刑事は、目を鋭くさせ舌打ちをして走りだした。ぼくも走った。野次馬根性からではなく、その青年の風貌や挙動が妙に気になったのである。青年は懸賞金を得るために、猫を抱いて、飼い主の別荘の近くにあらわれたのではない。そんな気がした。

絹巻刑事は、すでに朽ちた葉が雨漏りのしずくみたいに落ち始めた森の道で、初めて職権を行使した。彼は青年の肩をつかんで、

「おい、ちょっと待て」

と言った。

「その猫は、きみのかい？」

怯えをあからさまにした目を長いあいだ絹巻刑事に注いだのち、青年はかすかに頷いた。道から溢れ、森の中でもひしめき合い、成り行きを見つめている群衆のあいだで、再びどよめきが起こった。

「こいつ、盗んだんだぜ」

「あの目を見ろよ。狂ってんだよ」

「馬鹿だなァ。すんなり届けたら百万円なのにさ」

絹巻刑事は背広の内ポケットから警察手帳を出し、青年を取り囲んでいる野次馬に掲げると、

「見せ物じゃないんだ。みんな、あっちへ行ってくれ」

そう大声で言って、周りを睨みつけた。それから彼は、にわかに顔を崩し、青年にこんどは優しく問いかけた。

「猫の名は何てんだい」

青年は答えなかった。

「答えなかったら、きみが盗んだのか、それともどこかで拾ったのかってことになるよ。拾ったのか？」

「拾ったのでもないし、盗んだのでもない」

青年は、目の怯えとは正反対の、低いけれど声量のある声で毅然《きぜん》と言い放った。

「じゃあ、買ったのか貰ったのかのどっちかしかないわけだ。だけど、その猫は、行方知れずになって、べらぼうな懸賞金のつけられたペルシャ猫だと思うがねェ。名前は、えーと、何だっけなァ」

ジョゼットだ。ジョゼットですよ、刑事さん。いったん四、五メートルあとずさりした野次馬が、またいっせいに近寄って来て、口々に叫んだ。

「うるせえ！　あんたらに訊いてるんじゃねェよ。あっちへ行けってのが判らねェのか」

二人の若い警察官がやって来た。絹巻刑事を見て敬礼し、何があったのかと訊いた。絹巻刑事は猫を指差し、野次馬を遠ざけてくれるよう命じた。ぼくも野次馬のひとりだったから、警官に肩を押されたが、うまく横に体をかわし、そっと森の中に入って、一本の巨木のうしろに隠れた。

「買ったのでも、貰ったのでもない」

青年は猫の背を撫でてから、そう言った。

「ほう。それなら、どうしてその猫はきみの手の中にいる」

「勝手についてきた」

「百万円の懸賞金のことは知らなかったのかい？　百万円だぜ。ビラを見なかった筈はないだろう。飼い主に届けたら、きみは百万円貰えるんだ。どうしてそうしない。勝手についてきた猫なら、堂々と飼い主の前に行って、百万円を受け取るだろう。俺ならそうするぜ」

「猫が、ぼくから、離れないから……」

青年は頭上の緑をあおいで、一語一語嚙みしめるように言った。青年の姓名と、軽井沢のどこで寝泊りしているのかを、絹巻刑事は質問した。青年は悪びれた様子もなく、すらすらと答えた。

「たかが猫じゃねェか」

苦りきった表情でそう呟き、絹巻刑事は、それでも仕方がないといった口調で、警官に住所の確認を促した。誰かがしらせたのであろう。猫の飼い主である若い夫婦が、白いベンツに乗ってやって来た。そして、薄い唇に濃い口紅を塗った妻の方が、車から出て悲痛な涙声で、

「ジョゼット」

と呼んだ。彼女は恐しそうに、青年に近づき、

「私の猫ですわ。ねェ、返してちょうだい。ジョゼット、おいで」

そう言って両手を差し出したのである。猫は飼い主をじっと見やった。

「ジョゼット。ねェ、早く。ママよ」

別段、青年は猫が飛び出さないよう強く抱きしめていたわけではなかった。猫がその気になれば、自由に、差し出された飼い主の手に移ることが出来ただろう。けれども、猫は青年の腕の中から出ようとはしなかった。

「よお、さっさと渡して百万円貰っちまえよ。あのビラには、別に何の条件もつけてなかったぜ」

「そうだよな。みつけてくれたらってだけしか書いてなかったもんなァ」

揃いのヨット・パーカーとマドラスチェックのバーミューダ・ショーツを穿いた生意気そうな若者が、遠くから声をかけた。

「どうしたの、ジョゼット。ママを忘れたの？」

夫の方が、傲慢な態度で絹巻刑事に詰め寄った。

「あなた、警察の方でしょう？　どうしてこの男を捕えないんですか？　私たちの飼

ってた猫だってことは、はっきりしてるじゃないですか」

絹巻刑事は、むっとした顔をし、

「警察は、猫のお守《も》りをするほど暇じゃないんだ。あんたたちから盗難届が出てるわけでもないし、この男が盗んだっていう証拠もないよ。あんたたち同士で解決してくれ。警察を何だと思ってんだい」

と言い返した。彼は本当に腹を立てていた。お坊ちゃん育ちを全身に漂わせた夫の方は、途端に顔が青白んで、声も弱々しくなったが、それでも精一杯虚勢を張った。

「でも、他人の物を返さないってのは、たとえ猫だろうが金だろうが、やっぱり刑法に触れることでしょう」

すると、絹巻刑事は、青年の味方をしているとも取れる言い方をした。

「猫が勝手について来たそうだよ。そして、どうしても離れなかった。彼はそう言ってますよ。盗むような人間なら、あの馬鹿馬鹿しいビラを見て、すぐにお宅にすっとんで行くでしょう」

「ジョゼットは勝手について行くような、そんな猫じゃありませんわ。こんな汚らしい男に」

妻の方が金切り声で叫んだ。周りの人々に気味悪そうに見つめられたまま、青年は猫を落葉の敷かれた道にそっと置いた。飼い主夫婦が慌てて抱きあげようとした。ところが猫は俊敏に身をひるがえし、森の中へ走ったのだ。野次馬の何人かが追いかけた。

「追いかけないで！」

女は泣き声でそう叫んだくせに、猫の名を呼びながら、森の中を駆け廻った。

「追いかけたら、よけい恐がって逃げちゃうじゃないの」

女の猫を呼ぶ声が、だんだん森の奥に遠ざかっていった。夫の方は、青年の胸ぐらをつかみ、

「この男を捕えて下さい。猫を盗んだ泥棒ですよ。れっきとした泥棒だ」

と絹巻刑事に言った。

「盗んだって証拠はありませんよ」

「警察に連れて行って、取り調べたら、自分が盗んだんだってことを白状するに決まってますよ」

絹巻刑事はうんざりした顔で、胸ぐらをつかんでいる手を離させ、

「風態を見たって判るじゃないか。こいつは頭がおかしいんだよ。この男を窃盗罪で訴えるのはあんたたちの自由だけど、そうしたからって、どうなるもんでもないでし

ょう」

そう言って、一件落着というふうに、もと来た道を戻りながら、野次馬たちを手で追い払った。絹巻刑事は、ぼくにジュースでも飲もうと誘ったこともすっかり忘れてしまったらしかった。

猫は再び姿をくらましてしまったのである。青年はしばらくのあいだ、猫の消えた森の奥に視線を投じていたが、やがてきびすを返し、ひとりとぼとぼと離山《はなれやま》の方向へ歩き始めた。声だけ聞こえて姿の見えない妻の名を大声で呼ぶと、夫の方も森の中に小走りで入って行った。野次馬はもう青年のことを忘れ、猫捜しにやっきになっていた。

ぼくは、そっと青年のあとをつけて行った。なぜかぼくは、その青年を狂人だとは思えなかったのである。サンダルが脱げてしまった方の足のかかとから、血が噴き出ていた。肩まで垂らした長い髪は、整髪料のせいではなく、何日も洗っていないことによる独特の鈍い光沢《こうたく》を放っていた。青年の歩いたあとには、かなりの血がこびりついていた。おそらく、ガラスの破片か何かで相当深く切ったのだろうとぼくは思った。ふいに青年は振り返った。ぼくと目が合った。その怯えの消えた目には、無尽蔵な思考と感情が満ちていて、ぼくは自分の目をそらすことが出来なかった。

「あのう、血が……」

ぼくは青年の足を指差して、そう言った。

「血を止めないと……」

かかとの傷を見ようともせず、

「ぼくに、ついてこないほうがいいよ」

そう青年は冷たく言い放ったのだった。ぼくはたじろぎ、雲場池につながる小径へ曲がった。ぼくは青年と何か話をしたくてたまらなかった。けれども、ぼくが立ち停まってうしろを振り返ったとき、すでに青年はいなかったのである。

ぼくの、霧が出てくると生じる奇妙な発作は、貴子とふたりきりのときは起こらなかった。そして、貴子と二度と再び逢えなくなってしまったあの八月十七日の夜以後から今日まで、どんなに深い霧の中にいようとも、発作は起こったことがない。ぼくには、その理由が判る。そして、その理由が判るようになったとき、ぼくは青年の目を、絶えず思い浮かべるようになったのだった。怯えをあからさまにした目と、それが消えたあとの、無尽蔵な思考と感情に満ちた目。きっと、霧の中で発作にうずくまっていたぼくの目は、青年のそれと似ていただろう。さらにそう考えるぼくの耳には、あたかもあの青年が喋っているかのように、ひとつの言葉が繰り返し繰り返し聞こえてくるのである。——この猫がぼくについて来たのは、ぼくが猫だからだ——。彼がどうして狂人であろう。猫に近い生命を基軸とした、いささか異様に見えるだけの、どこにでもいる人間だったのに違いない。猫は猫について行った。それは、ぼくがあの青年の体に忍び込み、青年の声帯と舌を借りてつぶやく、ぼく自身の言葉だった。至極当然な生き物の法則を、人間は人間の営みに関して、その浅瀬の部分でしか当てはめてみることが出来ないのだ。あのペルシャ猫が、その後、飼い主である若夫婦の手許に帰ったのかどうか、ぼくは知らない。

布施金次郎が、姉娘の恭子と一緒に別荘に戻って来たのは、八月十二日だった。恭子は毎日、テニスコートにかよい、金次郎は、夜になるとアトリエにこもるようになった。十五日の夜遅く、ぼくは自分の部屋の窓から、樹林越しにアトリエの灯を眺めつづけた。十三日と十五日の二回に分けて、約束の金を受け取ると姉に教えられていたので、ぼくは十三日の夜も、アトリエに目を凝らし、あかりが消え、それが再び灯るまで窓辺に坐っていたのだった。金の受け渡しは、あの地下室で行なわれるに違いなかった。十三日の夜、アトリエの灯が消えたのは八時過ぎで、十時近くに灯がともった。姉は五分もたたないうちに、洋品店の大きな手下げ袋を持って家に入って来た。しかし、十五日は、わずか十五分、アトリエの灯が消えただけだった。そしてぼくの母は、十三日の夜も、十五日の夜も、布施金次郎に急な用事を命じられて出掛けていたのである。十三日の夜と同じように、姉は大きな手下げ袋を手にして急ぎ足で自分の部屋に入り、押し入れの奥からスーツケースを出すと、

「父さん」

と言った。ぼくは襖の隙間に目を近づけ、耳を澄まして、姉と父の様子を窺った。

「父さん、私、ちゃんと貰ったわ」

だが父は、姉に背を向け、左足を伸ばした格好で畳に坐り、うなだれたまま何も言わなかった。

「心配しないで待っててね。必ず連絡するから」

父が口を開いたのは、姉が立ちあがって靴を履こうとしたときだった。

「俺は、そんな金はもう要らねェ。お前の金だ。修平と分けたらいいよ」

「父さんのお金よ」

それはかつての、優しかった姉の声であった。

「早く行きな」

姉は門の方向ではなく、敷地の隅の、ぼくが毎朝貴子と逢うためにくぐる低い垣根の方へ歩きだした。ぼくは姉のあとを追おうとして部屋を出た。父がぼくを呼び停め

た。

「修平、姉ちゃんと何の話をしようってんだ。ここにいな」

何の話をしようというあてがあったわけではない。本当に何年振りかで耳にした姉の優しい声が、意味もなくぼくの目に涙を溢れさせ、同時に、姉とこれっきり永遠に逢えなくなることへの耐えがたい哀しみが、ぼくをいてもたってもいられなくさせていたのである。なぜなら、あと二日後に、ぼくは地下室で布施金次郎を殺すのだから。

「こっちへ来な」

ぼくは涙をしたたらせながら、父の前に坐った。父は一度消した煙草をくわえ、火をつけると、こう言ったのである。

「あの日、折れた門柱をくっつけるセメントを買うために、父ちゃんは自転車を取りに行っただろう？　岩木は母ちゃんの作った大根やナスビの出来具合を見るために、母ちゃんと一緒に菜園で話し込んでた。恭子さんと志津さんは、テニスの服に着換えるために二階にあがってた。金次郎の野郎も、別荘に着いた途端に縁起でもねェ事故が起こったもんだから、不機嫌な面《つら》をして書斎にあがっちまったんだ。だから、別荘の一階には、奥さんしかいなかったよ。俺が、修理の道具を買ってきますって言ったら、奥さんはなァ、絶対に門扉を動かしちゃいけないって念を押したんだ。あのドラ息子の親に、どんなスピードでぶつかってきたかを見届けさせてやるんだ。布施家は門ひとつでも、成金の別荘の門とは物が違う。金で弁償して、それで済まされちゃあ、たまらない。苔だって、二年や三年で付いたもんじゃないってことを教えてやろう、そう言って、くどいくらい、門扉はそのままにしておけ、お前の息子にもそう言っとくんだよって念を押しやがった。あの女はお天気屋だったけど、自分が決めたことは変更しねェ。辛棒強い女だったんだ。並大抵の辛棒強さじゃなかったぜ。だから、おめェに、倒れてる門扉を早く片づけろなんて言う筈は絶対にねェんだよ」

ぼくは父が話し終えたあと、殆ど何も考えていなかった。

「どうして、あんなことをしたんだ？」

その父の問いにも答えなかった。灯油を詰めた九本のワインの壜だけが、ぼくの心の闇に浮かんでいた。

「あの女は、可哀相な人だったよ」

その父の言葉は、ぼくを逆上させた。ぼくは憎悪の目で、父に言った。

「あの女よりも、俺たちの方が、もっともっと可哀相だったじゃねェか。そんなに念を押されたのなら、父ちゃんはどうして、あのとき俺に、門扉を動かすなって言われたことを、俺に教えなかったんだよう。もしかしたら、父ちゃんは俺にあの女を殺させようって考えたんじゃねェのか」

「俺が、自分の息子に人殺しをさせようって考えたってのか？」

父は深くうなだれ、首を何度も左右に振った。

「俺は、そんなに頭のいい男じゃねェよ。門扉を動かすな、なんてことを言う必要はねェだろう。言わなくたって、おめェは動かしたりしないさ。あの重たい門扉を。それに、俺はあの女を少しも恨んじゃいなかった」

父は古ぼけた柱時計を見て、そろそろ母が帰ってくるころだと言った。そして、夫人を殺したことを、生涯誰にも明かしてはいけない。口が裂けても言うんじゃねェぞ。そう静かにさとすように囁いて、ぼくの手を取り、指を一本一本撫でたりつまんだりした。

「母ちゃんは、金を受け取るのは十七日だと思ってる。どうして美保と俺が母ちゃんを騙したのか、あした説明するよ。だから、もう金を受け取ったってことは母ちゃんには黙ってるんだぞ」

ぼくはその夜遅く、別荘の敷地の隅に積んである何本かの丸太に腰を降ろし、頭上の樹や木の葉や星を見つめつづけた。何もかも、もうじき終わる。そう思った。何もかもが、もうじきいっせいに始まることなど、露ほども考えていなかったのである。それに、失語症にでもかかったのかと思えるくらい何も喋らなくなっていた父が、なぜ急にこれまで心に秘めてきた事柄を話したのかも、ぼくは考えなかったのだった。

次の日の朝、朝露に濡れた森の奥深くで、ぼくは貴子が持参した大きなナイロンの敷物に横たわり、ときおり犬にドッグ・フードを与えながら、貴子の横坐りした膝を枕に、乳首をまさぐったり、唇を嚙み合ったりした。貴子の小さな乳首は、いくらさわっても、なぜかいつも左の方しか固くならなかった。それなのに、貴子は右の乳房に触れられるときの方が、息づかいを荒くさせた。カッコーが、真近の樹のてっぺんあたりで鳴いた。冷たいくらいの風が森をざわめかせ、リスが枝から枝へと行き来していた。

「もう受験勉強は始めた？」

とぼくは貴子に訊いた。貴子は普通の成績さえおさめていればそのままエスカレーター式に大学へ入れる私立の高校にかよっていたが、国立の大学を目指していたのである。

「夏から始めるつもりだったけど、秋からに延ばしたの」

「俺が邪魔するから？」

「そうよ」

貴子は微笑んで、ぼくの鼻をつまんだ。

「大学に入ったら、貴子はいろんな男の子に誘われるぜ。俺になんか、洟《はな》もひっかけなくなるよ」

すると貴子はひどく思いつめた顔をしてから、

「修平は、このごろ、寂しいことばっかり言うのね。……修平が悪いんじゃないわ」

と言った。ぼくは、はっとして、

「何のこと？」

そう訊き直したが、おおむね察しはついていた。ぼくの鼻筋を指でなぞったり、額に唇を押し当てたりしてから、貴子は言った。

「だって、思いも寄らない事故だったんでしょう？」

ぼくは、七月十五日に起こった事件について貴子に一度も言ったことはなかった。

「誰から聞いたの？」

「布施さんの隣にある別荘で夏だけ働いてるお手伝いさん……。その人が私の家のお手伝いさんと仲良しなの」

「いつから知ってたんだ？」

「だいぶ前から」

そして貴子は、ごめんねと謝った。

「私、黙ってるつもりだったんだけど、修平の目、このごろ、すごく寂しそうだったり優しそうだったり、それに……」

「それに？」

「とっても恐い目をするときがあるんだもん」

ぼくは、何らかの別れの儀式をしなければならないと思った。そしてどんなに自分を忘れようとも、あしたの朝、貴子の体を穢《けが》すような行動にだけは出てはいけないと言い聞かせた。しかし、ぼくはそんな自分に自信がなかった。そのためには、烈しい雨が降ればいい。そうすれば、ぼくと貴子は、あの奇怪な瘤《こぶ》で盛りあがり、太い幹がねじれて絡みあった巨木の下しか、居場所はなくなるのだから。

「いま、霧が出てくれたらいいのに……」

と貴子は言った。

「午前中は出ないよ。こんなにいい天気だもんな」

「霧が出たら、私、とてもしあわせになるの。だって、私の言ったとおりになったんだもん。私と一緒にいたら、どんなに濃い霧の中でも、修平は平気でいられる。いられたらいいのにって。そのとおりになったでしょう？　どうしてかしら……」

「それを言わせたかったんだろう」

ぼくは両手を伸ばし、貴子の頰を挟んで引き寄せた。傍らでお坐りをしていた犬が、ドッグ・フードをねだって吠えた。自分の体を支えきれなくなり、ぼくの上に倒れ込んだ貴子の耳や首を、犬はちぎれそうなほどしっぽを振りながら舐め廻した。

「駄目よ。ちゃんとお坐りしてらっしゃい」

それでも、犬はじゃれついて貴子の言うことをきかなかった。ぼくはいま、よくしつけをされた貴子の犬の、あのときの珍しくききわけのないじゃれつきを感謝せずにはいられない。

10

その日の午後二時ごろから空は曇り始め、雷の音が、近くで遠くで轟いた。そのうち、大音響とともに北の方角に一瞬赤い幕がかかり、旧軽井沢の周辺はすべて停電となった。

「どのへんに落ちたんだろうね」

ロウソクを捜すために邸から戻ってきた母が、箪笥の抽斗《ひきだし》をさぐりながら、ぼくに言った。母の表情には、どこかうきうきしたところがあった。ぼくは壁に凭れたまま、そんな母のうしろ姿を長いこと見つめた。母と布施金次郎との深い関係が明瞭になったことは、かえってぼくに、強く母を慕う心を生じさせていたのだった。

「淫売」

ぼくは母に言った。母はロウソクを捜す手を停め、振り向きかけ、顔の左側を覗かせたまま全身を固くさせて、虚ろな目を台所の一点に注いでいたが、やがてぽつんと呟いた。

「ごめんね」

雷はやみ、葉揺れの音が、ぼくに、雨が降っているのだと錯覚させた。それが雨ではなく、葉の擦《す》れ合う音だと気づくまでの数秒間、母は身動きひとつせず黙り込んでいた。

「ごめんね」

もう一度、母は言った。

「あの助平野郎から聞いただろう？　志津は、自分の親父と別荘番の女房とのことを、ずっと前から知ってたんだぜ」

「志津さんが？」

母はやっと目をぼくに向け、

「本当？」

と訊いた。その怯えと驚きに満ちた母の顔にはあどけなさと、子供のぼくでさえおぞましいと感じるほどの色香があった。おそらく夫にも見せたことのない顔……。作ろうとして決して作れない、母自身も気づいていない、女の美しさをすべて集約した顔……。それが母に思いも寄らぬ恋と長い長い秘密の時間をひきずる毒薬になったのであろう。母は再び視線を台所の一隅に投げ、幾度かためらったのち、ぼくに語り始めたのである。ぼくはいまでも、強い葉揺れの音を耳にするたびに母の告白を思い出す。そして、そのときの母の話の内容や、さまざまに変化する表情を思い浮かべるたびに、きまって耳の奥に、時雨《しぐれ》に似た葉揺れの音を聞くのである。ぼくの周りには、なんと神秘的で悪魔的な自然現象が、火花を散らしながらうごめいていたことか。しかもぼくは、その恵まれた豊かな自然の営みを、ことごとく内なる魔の餌にしか出来得なかった。母がそうであったように。

――私は貞淑な妻だった。夫を愛し、その不自由な体をいつも心からいたわり、貧しさに落胆せず、工夫して娘のよそいきの服を縫ったり、少しでも土があれば野菜を作ったりして、明るい家庭を築こうとした。東京の大金持が別荘番を捜していると聞いて、私はどんなに、そこで働けるようにと祈ったかしれない。私と夫が、ある人の口ききで布施金次郎と逢ったとき、私は二人目の子供を宿していた。金次郎は、夫の足を見るなり少し顔を曇らせた。私たち夫婦も、大きな別荘だとは聞いていたが、その想像以上の大きさと、邸の豪勢な造りや、調度品の立派さに当惑するばかりだった。私たちには勤まらないのではないか。そう思って、私も夫も気落ちし、身を小さくして下を向いていた。金次郎は、給料の額を言ってから、当時どこへ行くにも、影のようにつきそっていた秘書に、なかなか良さそうな人じゃないか、べつに一日で芝刈りをする必要もないのだから、足の悪いのはそう問題にはならない、要は人柄だよ、このご夫婦に来てもらうことにしよう。そう命じた。秘書は気乗りのしない様子だったが、金次郎の言葉を、まるで自分の言葉みたいに繰り返し、いつ佐久からこの軽井沢に引っ越してこられるか、こちらは急いでいると、威圧的に言った。殆どあきらめていた私たち夫婦は、雇ってもらった驚きと、これまでとはまったく違う世界に足を踏み入れる不安とで、しばらく顔を見合わせたが、あしたからでも働かせていただきたいと慌てて答えた。帰る道すがら、早く歩くことの出来ない夫と、臨月のお腹をかばって、ゆっくり歩を運ぶ私とは、並んで肩を寄せ、自分たちの幸運をどんなに歓び合ったかしれない。私は、夫と一緒に歩いた三笠通りから本通り、そして駅までの日盛りの道の輝きを、すれちがった外国人の少女たちの笑い声を、決して忘れたりしないだろう。それを思い出すたびに、私は、人生というものを憎んだり、愛《いと》しんだりする。あの日の道は、金髪の少女たちは、なんと眩しかったことか。なんと痛く目に沁みたことか。そしてそれまでの私の生活とはどんなにかけ離れていたことか。

　私は佐久に帰り着くと、隣家の老婆にあずかってもらっていた二歳の美保を抱きしめ、頰ずりをし、いたずらをして素晴らしい別荘を汚すんじゃないよと、はしゃぎながら何度も言い聞かせた。

奥さまの美貴子さまと初めて顔を合わせたのは、私たちが別荘の小屋に移り住んで十日目だった。奥さまもお腹の中に子供がいて、見たところ予定日は私よりも二、三ヵ月遅いようだった。私は奥さまの、最初の一瞥の目にうろたえた。丸い垂れ目が蛇の目のようにすぼんだからだ。いなか者の私は、しどろもどろに初対面の挨拶をし、雇っていただいたことへのお礼を述べた。永久就職じゃないのよ。家風に合わないと思ったら辞めてもらいますからね。奥さまはそう言って、東京から連れてきた年取った女中さんと私との仕事の配分を、その場で決めていった。部屋の掃除、洗濯、買物は私。お客さまの接待と、食卓の準備、そして調度品の手入れが女中さんの仕事だった。私があと二、三週間で子供の生まれる身であることを、奥さまがご存知ない筈はなかった。そんな私に、掃除を命じた奥さまに、恐怖を感じ、部屋数の多い邸の掃除を、毎日やらなければいけないことに私は怯えた。けれども、私は言われたとおりにするしかなかった。それで体にさわるようなことになっても仕方がない。私たち夫婦にとって、これ以上適した仕事は二度と訪れないだろう。歯を食いしばって私は頑張ろう。私はそう心を定めたのだ。

その日、二階の廊下を掃除していると、書斎から金次郎が顔を出し、お腹の子は何ヵ月かと訊いた。八月初旬が予定日でございます。私はそう答えた。もうすぐじゃないか。金次郎は言って、奥さまを呼ぼうとした。それを察した私は、臨月の嫁には豆をひろわせろという言葉がございますからと無理に笑った。でも、肩で息をしているよ。いえ、このくらいのお腹になりますと、じっとしていても肩で息をいたします。金次郎は、疲れたら休むようにと言って書斎に消えた。そのとき改めて、私は、足の不自由な男と臨月の女を、なぜ金次郎があえて雇ったのかを不思議に感じた。当時、敗戦から六年たち、日本はまだまだ不景気で、職を求める人は多く、私たち以外にも十数組の夫婦が別荘番に雇ってもらいたくて、布施家の門をくぐったのだ。私は、それはきっと私たち夫婦が一番歳若かったからであろうと考えた。私は二十三歳、夫は二十九歳だった。そして金次郎は三十三歳、奥さまは私より二つ上の二十五歳だった。

夫も一所懸命働いた。あまり急に体を使ったので、一週間たつと、悪い方の足ではなく、いい方の足の膝やつけ根が痺れて腫れあがった。悪い方の足をかばうために、強い負担がかかったせいだった。私は夫の膝とつけ根を冷たい濡れタオルで冷し、ひと晩中マッサージをつづけたが、翌日になっても歩くことが出来なかった。私は奥さまに呼びつけられ、やっぱりあの体では別荘番の仕事は無理なようね。そう暗《あん》に誡を宣告する言葉を投げつけられた。百姓仕事できたえた体ですから、慣れたら大丈夫だと思います。私はそう答えるのが精一杯だった。慣れるまで待たなきゃいけない義理はないわよ。奥さまの言葉で、私は途方に暮れ、うなだれていた。すると、二階でやりとりを聞いていたらしく、金次郎がゆっくりと階段を降りてきながら、だいたい、この別荘の芝生は広すぎるんだ、別荘の樹を切り倒して芝生にしてしまうなんて勿体ない話だよ、きみがそうしたいと言うから芝生を張ったが、そのために何本もの見事な枝ぶりの樹を犠牲にしなければいけなかった、と言った。それとこれとは問題が違いますわ。奥さまは顔を真っ青にさせて私を睨みつけた。そのときやっと私は気づいた。奥さまが追い出したいのはこの私であることを。思えばあのときに、私の中でもうひとりの私が芽ぶいたのだ。そしてそれが日毎《ひごと》に現実となっていく過程にうっとりと酔いながら、三年が過ぎた。

　昭和二十九年の九月、奥さまと二人のお嬢さまと女中さんが東京へ帰って数日たったころ、まるで牢獄の看守みたいに私たち夫婦をこき使ってきた秘書が血を吐いて倒れた。七月に軽井沢にきて以来、胃の不調をときおり口にしていたが、医者嫌いで、金次郎の再三の勧めにも首を振り、病院で診てもらおうとはしなかった。軽井沢の大きな病院に運び、緊急手術で一命はとりとめた。私たちにも本人にも胃潰瘍だとしらされたが、本当は癌だった。その秘書は、奥さまの実家である森財閥から派遣された、言わば金次郎の監視役だったのだ。

それまで鍵をかけたままで、一度もアトリエに入ろうとはしなかった金次郎が、私にアトリエの掃除を命じた。私が掃除を終えて、自分たちの小屋で少しのあいだ休憩していると、わざわざ金次郎がやってきて、門扉を新しく作り直したいのだが、この近辺に腕のいい鍛冶屋《かじや》はいないか、と夫に訊いた。小諸に、仕事の丁寧な鍛冶屋を知っています。夫が答えると、金次郎は手に持っていた紙をひろげ、既製のものではなく、自分の気にいった門扉を作りたくてね。そう言って自分が考えた門扉の絵を見せ、さっそく小諸に行って、見積りをたててもらってくれ、来年私たちがくるまでに出来あがっていればいいと言った。夫は急いで出掛けていった。三十分ほどたって、私はまたアトリエに呼ばれた。私がアトリエに入ると、金次郎は、結婚して以来、このアトリエに入るのは今日が初めてだと言った。そして、壁のうしろに扉があること、それは納戸に通じていて、その下に地下室があることを私に教えたのだ。誰にも内緒だよ、妻は地下室があることを知らない、私はあいつと結婚する前、いつも地下室で本を読んだり考え事をしたりしてすごしたんだ。しかし、結婚して森家のお庭番が私から目を離さないようになって、私は決してアトリエにも入らないことに決めた、私だけの場所だ。そう言ったあと、はっきりと、私への愛情の言葉を口にした。それまでも、私は金次郎の、ある意味を含んだ視線を感じていた。私は誘われるままに、金次郎と地下室へ降りていった。夫がみすぼらしく、金次郎が立派に見えたからではない。私は、奥さまが初めて私を見たときから抱きつづけている畏《おそ》れを現実のものにすることで、あの冷血な高慢な醜女《しこめ》をあざ笑ってやりたかったのだ。けれども、私のそんな心は、アトリエで突然生じたのではない。さっきも言ったように、奥さまの私に対する異常な目つきや言動の理由に気づいたときから、私はいつかそんな日がくることを予感していたと思う。

地下室へ降りることで、私の人生に何が起こっていくのか、私はまったくと言っていいくらい考えなかった。ただ夫の顔だけが、ちらついて消えなかった。おそらく、私の心の中では、すでに準備が出来ていたのに違いない。うまく表現出来ないが、金次郎とそうなったあとの対処の仕方を、私は三年前から練ってきたとも言える。勿論、金次郎という男を嫌いだったら、私は地下室へなど降りていかなかっただろう。

秋の地下室は寒かった。私はあの寒さが、地下室の冷気のためだけではなかったことを知っている。しかも、寒さから身をほどこうとする振る舞いは、ことごとく私と金次郎とを深く結びつける結果となった。ぼくは本気だ、恐いのはぼくの方だ。金次郎は地下室の中では自分のことを〝ぼく〟と言った。私はなぜか少しも恐くなかった。それがなぜだったのか、私には自分の心をいまになっても解せないでいる。その年、私は三回、地下室で金次郎とのひとときを持った。

私たちが地下室ですごす時間は二時間と決められていた。翌年、また夏が来て、家族とともに別荘にやってきた金次郎は、私にアトリエの合鍵をくれた。私はそれを道具小屋のうしろの、から松に巻きついている人間の足首ほどもある山藤が大きくねじれて、から松との間にほんの少し生じた隙間に隠した。金次郎が私を求める際の合図は、書斎の地球儀の日本列島の位置だった。金次郎はいつも、若いころ留学したイギリスの部分をドアの方へ向けていた。それが左へ廻り、日本列島がドアの方に向いている日の午後三時から五時までが、私と金次郎との逢瀬の時間なのだ。そんな日は、必ず金次郎は私と夫に別々の用事を命じた。たいていの場合、夫は日帰りで東京へ行かされ、私は小諸の画材店へ、キャンバスだとか絵具だとかを買いにやらされるのだ。だが、私は小諸へ行くふりをして戻ってくる。そして二時を少し廻った時分に、合鍵を使ってアトリエに入り、納戸の隅の四角い入口から地下室へと降りていくのだ。私が地下室へ降りてしばらくすると、納戸の上で足音が聞こえ、入口を隠す薪の載った茣蓙が元に戻される音を聞いた。それをしたのはコックの岩木さんだった。私はそのことを金次郎から教えられ、体を震わせて怯えた。金次郎は、心配いらないと言った。あの男は口が固い、ぼくは岩木に何年か先の保証をした、きみのフランス料理の腕を、布施家の台所で終わらせるのは勿体ない、ある時期がきたら、東京に洒落た店を持たせてやろう、その代わり、ぼくたちの秘密を守ってくれ。岩木さんに確かに口が固かった。私と台所で二人きりになる機会は多かったが、素知らぬ顔をし、金次郎との関係についていささかたりとも触れようとはしなかった。ただ、彼はその年から、足の不自由な私の夫に親切な振る舞いをするようになった。暇なとき、夫を将棋に誘ったり、力仕事を手伝ったり……。

私と金次郎が地下室ですごすのを午後三時から五時までと定めたのは、よほど大切な来客や用事がないかぎり、それが奥さまの昼寝の時間だったからだ。

急速に、私は金次郎を真底から愛するようになった。すると、夫に抱かれることに嫌悪感を持ち始めた。夫と金次郎とは、当然のことながら何から何まで違っていた。その違いが、日を追うごとに見えてきたのだ。私が苦しんだと言えば、人は笑うだろう。けれども、私は本当に苦しんだのだ。不自由な足をひきずり、一所懸命働いている夫を遠くから見つめて、私は胸をかきむしりたいほどの罪の思いで泣いた。それなのに、夜、書斎の灯を目にすると、地下室ではなく誰はばからぬところで金次郎に寄りそいたいと、同じように胸をかきむしりたいほどの激情に泣いた。そして、苦しんでいたのは私だけではなかった。いつのころからか、奥さまは私と金次郎とのことに気づいていたのだった。私がそれを知ったのは、お前が小学校にあがった年だ。

三、四日雨が降りつづき、金次郎の二人の娘は退屈して邸の中を走り廻った。奥さまに叱られて二階の自分の部屋に逃げていった志津さまの足音が消えたあと、便所の掃除をしていた私は、何かいつもと違うものを感じた。奥さまはテレビの大きすぎる音量をそのままにして、暖炉の前に寝そべって本を読み始めた恭子さまに目を注いでいたが、そっと立ちあがり、いかにも恭子さまに気づかれないような歩き方で、階段を昇り口まで行った。それから足音を忍ばせて二階へあがり、志津さまの部屋に入った。私は、ただならぬ気配で不安になり、二階の掃除をするふりをして、奥さまのあとを追った。子供部屋から押し殺した声が聞こえた。奥さまは志津さまに、嚙んで含めるように言い聞かせていたのだ。絶対、あの地下室に行ってはいけないのよ、もしもう一度地下室に行ったりしたら、来年からはあなただけ軽井沢に連れてきてあげません、いい？　あそこにはお化けがいるのよ、男のお化けと女のお化けが……。私は慄然とし、震える足で階段を降り、自分の住まいに傘もささずよろめくようにして帰ると、畳に坐り込んだ。私が金次郎とともに地下室に降りたのは、奥さまをあざ笑ってやるためだった筈なのだ。それなのに、私にはひとかけらも、そんな気持が湧いてこなかった。私は恐しくてたまらなかった。自分のやっていることが。それを奥さまが知っていて知らんふりをしていることが。何か途方もなく恐しいことが起こりそうな気がした。もうやめなければいけない。そのための最善の方法は、この別荘から去る以外にない。私のそのときの恐怖心は異常なほどだった。きっと、あの年が別れ道だったろう。けれども私は、書斎の地球儀が廻っている日は結局地下室へ降りていったのだ。私は金次郎に、奥さまが私たちのことを知っていると告げた。金次郎は驚かなかった。金次郎が、わざと奥さまに判るような仕掛けをしていたのを知ったのは、お前が十歳になった夏だった。それまでの何年間は、気味の悪い期間だった。私は夫に、夜になると佐久へ帰りたいとせがんだ。私は本当に別荘から出ていきたかったのだ。夫が優しくなだめてくれるたびに、私は泣いた。そして私は、地下室へも降りていった。

金次郎が東京へ帰ってしまうと、私はもう永久に夏がこなければいいのにと願ったり、身も世もあらぬほどの切なさで、夏の訪れを待ったりした。冬の終わり、私はよく薄い雪の道を歩き、北軽井沢の近くの雑木林を見に行ったものだ。凍てついた荒涼とした風景は、私の金次郎への思いをつのらせるのだった。私は、きょうこそ決心しようとして、人ひとりいないから松の林に立つのだが、そのうち、夫や美保やお前の顔は薄れ、枯れた野に花々が咲き、一面の緑と人々の賑わう夏をうっとりと空想した。それは、金次郎との秘密の時間を持てる夏なのだ。

私は、金次郎に愛情以外のものは求めなかった。しかし金次郎は私への愛情のうえに、ある長い長い計略をたてていたのだ。金次郎がそれを私に明かさなければならなくなったきっかけを作ったのは美保だった。いや、あるいは奥さまだったかもしれない。

忘れもしない昭和三十六年の夏、私と金次郎が地下室での時間をすごしている最中、ワイン棚の奥から美保が、まるで幽霊みたいに音もなく出てきたのだった。私と金次郎とは、どんなに取りつくろっても誤魔化せる状態ではなかった。どうやってここに入ったの？　金次郎は美保にそう訊いた。美保は掌の中の鍵を見せ、面白いものがいっぱいあるから地下室に行ってごらんなさいって奥さまに言われたのと答えた。さらに美保はこう言った。書斎の本棚に一冊だけさかさまになってる本がある、その中にアトリエの鍵が入ってる、壁を押したら納戸への扉があって、納戸には地下室への入口がある、自分で捜してみなさい、心配しなくてもあなたのお母さんが迎えにきてくれるわ。美保は奥さまの口調を真似てから、じっと私を見つめた。十二歳の美保は、やがて泣きじゃくり始めた。私たちは慌てて身づくろいをし、美保と一緒に地下室から出た。金次郎が蒼白な顔で何か言おうとしたとき、美保は私たちの前から走り去った。金次郎も鍵を持っている。私も持っている。すると美保が持っていた書斎の本に挟んである鍵は何のためなのか。私は動揺し混乱している心をかろうじて抑えつつ、金次郎に訊いた。ぼくは、ぼくたちの姿を妻に見せたかったのさ、妻にはひとつだけ取り得がある。取り乱さないことだ。金次郎はそう言った。私は金次郎をののしった。美保はまだ十二歳なのよ、あなたの奥さんが私の娘に地下室を教えることは考えなかったの。金次郎は、まったく想像もしなかったと呟いて、放心したように考え込んでいた。私は何もかもおしまいだと思った。奥さまは私たちが考えもしなかった卑劣なやり方で仕返しをしたのだ。その奥さまの残忍なやりくちに茫然としている私の中で、ふいにこうなったらいっそ大悪人になってやろうという思いが閃めいた。私もまたあの冷血な女の子供に、地下室での父親の姿を見せてやるのだ。それには私の姿も見せなければならないが、私にはもはや、そのことへの羞恥心はなかった。私は復讐してやる。たとえ、私がにっちもさっちもいかない泥沼に落ち込んでしまおうと、美保やお前を喪うはめになろうと、かまうものか。何もかも自分の撒《ま》いた種なのだ。こんな状態がつづけば、どうせ遅かれ早かれ夫にもばれるときがくるに決まっている。そんな思いにひたっている私の耳元で、金次郎は自分の計画を語って聞かせた。それはお前が奥さまを殺したあと、初七日を終えて帰ってきた金次郎から聞いた話とほぼ同じものだ。しかしその計画と、奥さまに、私たちの関係を気づかせることと、どんなつながりがあるのか、私には解せなかった。金次郎は言った。妻の心は東京にいようが軽井沢にいようが、四六時中、ぼくときみのことに向けられているだろう、しかもあいつは自分の一族に、夫と別荘番の女房との関係を、口が腐っても言う女ではない。あいつにあるのは誇りだけだから……。あなたは、自分の計画のために、最初からそのつもりで私を利用したのね。私は金次郎にそう叫んだ。金次郎は、断じてそうではないと否定した。計画が成功したら、ぼくは妻と別れてきみとの新しい家庭を作る、もし失敗したら、ぼくはお払い箱になって、きみと一緒になれる、どちらにしてもきみと夫婦になることに変わりはない、ぼくも馬鹿ではない、会社から放り出されたときのための準備も忘れてはいないさ。

私はその日、志津さまか恭子さまかのどちらかとふたりきりになれる機会をうかがった。恭子さまはなぜか奥さまにまとわりついて離れなかった。私はふと何年か前の雨の日を思い出した。奥さまが、恭子さまに気づかれないよう二階へあがり、志津さまだけをたしなめていたことを。どんなきっかけで、地下室をみつけたのかは判らないが、志津さまはすでにその存在を知っている。それならば、まだ地下室に入ったことのない恭子さまに、私たちの姿を見せてやろう。しかし不思議なことに、そう決めた瞬間、私は二階から志津さまに呼ばれた。ジュースを持ってきてくれとのことだった。私は部屋にジュースを運んだ。私の口からは、予定とは違う相手に向にて、地下室に関する言葉が滑り出た。このお邸には、地下室があったんですね、私、十年も働かせてもらっていたのにぜんぜん気がつきませんでした。志津さまは、あっけらかんとした口調で、私、知ってたわ、でも行っちゃいけないのよと応じた。入っちゃいけないんですか？　そうよ、あそこはお母さまと私しか知らないの、どうして判ったの？　お母さまに知られたらすごく叱られるわよ、私、内緒にしといたげる。志津さまは自分で部屋の扉を閉め、小声でもう一度、どうして判ったのと訊いた。私は、納戸で捜し物をしてるうちに変な蓋《ふた》みたいなものに気づいたんですと言った。もう一度地下室へ入ったり、お姉さまに教えたりしたら、私、軽井沢に連れてきてもらえなくなるの。それから志津さまは、私、内緒にしといたげるわね、だから誰にも言っちゃ駄目よと念を押した。なんだかひょうし抜けして、私はそのまま下へ降り、台所に行った。私は少し冷静さを取り戻していた。まともに聞いていなかった金次郎の言葉が甦ったのだ。計画が成功しても失敗しても、奥さまと別れて私を妻にするという言葉を。もし美保に、私たちのあられもない姿を見られることがなかったら、私はその言葉にすがりつかなかったような気がする。夫に見られるよりも、もっと辛い事態が起こったことで、私は自暴自棄な心境になっていたが、それは愛情以外何も求めなかった私を、初めて物質的な欲望へと傾けたのだった。金次郎の計画を成功させるために、私はそれ以後何度か恭子さまとふたりきりになる機会が訪れても、奥さまへの復讐心を抑えつづけた。

そして、とうとう夫に気づかれる日がきた。お前が小学校六年生のときだ。その日も雨が降っていた。私と金次郎が地下室からアトリエに出ると、夫が背を向けて坐っていた。夫はひとことも発しなかった。私は自然にアトリエの床に正坐していた。金次郎は覚悟が出来ていたらしく、この人を私にいただけないだろうかと言った。その代わり八年後に、私は出来る限りの誠意を尽くすことを約束する。誠意って、いったい何です。そう夫は訊いた。金次郎は、お前が知っているとおりの約束をしたのだ。どうして八年後なんです？　いますぐにも俺の女房を持っていったらどうですか。金次郎は自分の計画を説明した。説明を聞き終えてからの夫の沈黙は、いったい何分ぐらいつづいたことだろう。私は烈しい雨の音に包まれたまま、うなだれて、心の中で夫に手を合わせていた。差し上げましょうと夫は言い、立ちあがって出ていきかけたが、決して私たちの方を見ないまま、八年後、その約束が守られなかったら、俺は泣き寝入りですねと言った。信用してもらうしかない。そう金次郎が言った。夫は雨の中に出ていった。

その年、私と金次郎は一度も地下室での時間を持たなかった。書斎の地球儀はいつも廻っていなかった。私はそれを金次郎の、夫へのせめてもの心遣いなのだと思い込んでいた。けれどもそうではなかったのだ。金次郎はもうひとりの女と、ひんぱんに地下室で時をすごしていたのだった。それが誰なのかは、語らなくともお前には判るだろう。私は信じられなかった。美保はその年中学二年生、十四歳になったばかりなのだ。私は愕然とし、金次郎に詰め寄った。ご主人に判ってしまったあとで、きみと相変らず地下室に降りることなど、人間として出来るわけがない、ぼくはそんな犬畜生のような真似は出来ないよ、それでぼくはひとり地下室で本を読んだり、ワインの種類や年代を調べたりしていた、そしたらあの子が地下室に降りてきて、英会話を教えてもらいたいと言うんだ、びっくりしたが、どうも本気みたいなので教え始めた、あの子は語学に対して天才的なところがあるよ、教えていても楽しい。金次郎はそう釈明した。私は納得しなかった。自分の母親のけがらわしい姿を見たあの地下室で、美保が英会話を習いたいなどと思うだろうか。あの日以来、美保は物言わぬ子になり、私を氷のような目で見つづけてきたのだ。その美保が、わざわざ書斎に隠してある鍵を手に、地下室へ降りていったりするだろうか。それは到底私には信じられない出来事だった。

そのうち私には判ってきた。夫は約束の保証を得るために、娘を金次郎に売ったのだ。そうにきまっている。十四歳の生娘が、自分から四十を過ぎた男を誘惑する筈がない。私の執拗な追及で、金次郎が美保との関係と、新たに出来たもうひとつの約束を明かしたのは美保が高校二年生の秋だった。金次郎によれば、それは美保の方から持ち出されたとのことだった。ずっと旦那さまの傍にいたい、毎日でもこの地下室で逢いたい。小娘の美保がそうねだったという。その代わり、父との約束のお金は絶対払って下さい、もし必ず約束を守ってくれるのなら、私は旦那さまの言うことを何でも聞く。金次郎は自分が優位に立ったのを計算したのだろう。金次郎は美保に夢中になっていたのだ。約束は必ず守るが、きみがこの別荘からいなくなったらぼくは約束を破るかもしれないよ。金次郎にとったら一石二鳥だった。いや、一石三鳥だったかもしれない。別荘番の女房だけでなく、その娘とも地下室で乱れた時を楽しんでいる。これでもか、これでもかと奥さまを苦しめたかったのだ。

美保と金次郎の関係があきらかになってから奥さまが死ぬまでの数年は、地獄でのたうつけだもののような日々だった。よくもそんな年月に耐えられたものだと思う。私は美保に狂おしいような嫉妬を抱きつづけ、金次郎の妻になることに固執しつづけた。私はもう狂っていたのだ。私が我に返ったのは、お前が奥さまを殺したことを金次郎に教えられた日だった。私は金次郎の、根も葉もない作り話だと思った。いつ美保が地下室に降りてくるか判らないので、私と金次郎は人目を避け、小諸の旅館で話し合った。そこで金次郎は、美保に脅迫されていると打ち明けた。奥さまが死んで、増資計画の必要はなくなったが、そのことで逆に美保が優位に立った。美保は、金次郎をこう脅したのだ。いくら二十パーセントの株が転がり込んだといっても、十四年近く奥さまを苦しめつづけ、別荘番の女房とその娘を、地下室でなぐさみものにしていたことがばれたら、森一族はあなたをただではすまさないだろう、そのうえ秘密の増資計画は、奥さまが死んで一旦休止という形になった、私も父も、奥さまの兄姉に逢ってすべてを包み隠さず話して聞かせる、株を握っているくらいで森財閥に勝てると思っているのか、あなたなんか会社にあってはでくの坊でしかないのだから。美保は、金次郎が直接警察に行き、修平を不起訴処分にしてくれるよう申し出ることと、約束の金にもう五十パーセント上積みすることを条件にした。金次郎のうろたえ方は尋常ではなかった。私の驚きと失意も尋常ではなかった。お前を人殺しにしたのはこの私だ、そう思ったのだ。私は物の怪《け》が落ちたように、金次郎への思いも、妻の座への固執も消えていくのを感じた。約束の金は、近々《ちかぢか》、私が受け取ることになっているが、私は一銭も自分のものにしようとは思わない。金を受け取ったら、すべて夫に渡し、ひとりでどこかへ去っていくつもりだ。こんな醜い恥しい話を、お前には口が腐っても聞かせるつもりはなかった。でも私は——。

母の話はまだまだつづきそうだった。だが電話が鳴った。母は受話器を置いてから、

「恭子さまだよ。声だけ聞くと、ぞっとする。ほんとに奥さまにそっくりだもんねェ」

と言って、そそくさと邸へ向かった。ぼくには、そんな母の歩いて行く姿は、ただの薄汚ない動物にしか見えなかった。母の告白がすべて真実だったとしても、あるいは多くの虚飾に覆われていたとしても、そのような話を自分の母から直接聞かされた子が、母に対して憎しみどころではない感情を抱いたとしても不思議ではあるまい。そして、十四歳の姉を地下室におくり込んだのが父だったのかどうかも、もう知る術《すべ》はないのだ。

11

姉が金次郎からすでに約束の金を受け取ったことを、なぜ母には内緒にしてあるのか、その理由をあした説明すると父は前夜ぼくに言ったが、ぼくと父とはついに話をする機会を持たなかった。日が落ち、夜が深まるにつれて、ぼくの緊張は限界を超え、思考能力も皆無に等しくなり、部屋に閉じ籠もっていることなど出来なくなってしまった。母だけが、邸から帰ってきた。母は、それとなく何度もガラス窓越しに、金次郎の書斎に視線を走らせていた。ぼくは最初は気づかなかったが、やがて金次郎以外の人間が書斎にいるのに気づいた。二つの影のうちの一つが父であることは、左足をひきずるぎごちない動きで判った。

父が帰ってきたのは十二時を廻っていた。父は流しのところで手と顔を洗い、

「あしたの夕方、ここから出ていくぜ。長い十七年だったな」

と言った。そして部屋の中を見廻し、

「持って行く物と言やぁ、修平の机と、皿に茶碗、それに鍋と釜ぐらいのもんだよな」

そう呟いて、姉の鏡台の前に坐り、いつまでも鏡に映った自分の顔を見ていた。ぼくの体に細かい痙攣《けいれん》が起こり始めた。震えではなく痙攣だった。ぼくは、死ぬのではないかと思った。貴子に逢いたかった。あと六時間もすれば貴子に逢えるのに、ぼくはその時間が待てなくなったのである。出て行こうとしたぼくを、父が呼び停めた。

「こんな時間にどこ行くんだ」

ぼくは一人の級友の名をあげ、急に引っ越すことになった由を伝えておきたいのだと答えた。

「あしたでもいいじゃねェか」

「もうきょうだよ」

父は時計を見て、

「他人の家を訪ねるような時間じゃねェぞ」

と言った。

「そいつ、いつも三時まで受験勉強やってるんだ」

「じゃあ、懐中電灯を持っていきな」

「うん」

　ぼくは森の道に出て、懐中電灯をつけた。貴子の別荘に辿り着くまで、ぼくはいったい何回道にうずくまったかしれない。ぼくは、貴子の部屋が、その白い三角屋根の別荘のどこにあるのか知らなかったので、一階の南側と二階の北側とに一つずつ灯っている明かりを、ただじっと立ちつくして見つめるばかりだった。そのうち、雨が降ってきた。烈しい雨であった。ぼくはいっこうに消えない二つの部屋の灯を見ながら、雨に打たれていた。ああ、雨が降った。願っていたとおりになった。ぼくの心に歓びが生じた。ぼくは貴子といるとき、どんな深い霧の中にあっても発作は起こらない。それは貴子の願ったことであった。そして、貴子を決して汚さずに済むようにというぼくの唯一の願いも、この烈しい雨によって叶えられるだろう。貴子の願いもぼくの願いも叶った。感傷と紙一重の至福の感情は、ぼくの決意を揺るがぬものにしたのである。仕損じたりしないぞ。絶対に、布施金次郎を焼き殺してみせるぞ、と。

　雨がやんでも、森の中では降りつづいている。一睡もしないまま朝を迎えたぼくは、木の葉や枝を伝って落ちる雨滴に濡れながら、貴子との最後の時間をすごした。

「雨がやんでよかった」

と貴子は言った。

「夜中に一度目を醒ましたの。そしたら凄い雨だったから、困ったなって思ってたの」

「どうして?」

「このあいだ、雨が降ってる朝、お父さまが六時前に起きたんだって。それで、ひとりで出て行く私を見たのよ。きのうの夜、訊かれたの。貴子は雨の日でも散歩に行くみたいだな、何かいいことでもあるのかいって。そしたらお兄さまたちが、怪しいぞ、怪しいぞって笑うのよ。こんど、そっとあとを尾けてやろうかなんて言うんだもの。いつも遅くまで麻雀をしてて お昼近くまで寝てるくせに、六時前に起きられる筈がないわ。でも、もしかしたらってこともあるでしょう?」

そのせいか、貴子は落ち着きがなかった。ぼくは、夜遅く、貴子の別荘の前で長いあいだ雨に打たれていたことは黙っているつもりだったのに、結局口にしてしまった。

「私、起きてたのに」

ぼくは無言で貴子を抱きしめた。ぼくは言葉を捜した。これ以上ないほどの愛情の言葉を。けれども、そんなものはみつからなかった。何本かの樹が捻《ねじ》れて絡み、厚い苔のへばりついた巨木を背にした貴子は、甘い温かい芳香を放って囁いたのだ。

「私、もう、いつでもいいわ……」

だが、犬の吠え声と人間の足音が聞こえた。雨あがりの森の中は澄みきっていた。犬をたしなめる男の声が、貴子を慌てふためかせた。

「お父さまだわ」

と貴子は言った。ぼくは、身をひるがえして、あとも見ず走った。――私、もう、いつでもいいわ――。その言葉の意味するものは明白だった。そしてそれが、貴子の、ぼくに対する最後の言葉となったのである。

父は朝から引っ越しの準備を始め、母もときどき邸から戻ってきては荷造りの手伝いをした。ぼくも手伝ったが、それは体を動かしていないと気が変になりそうだったからだ。柱時計が一時を打ったとき、ぼくは、しまったと思った。一番大切なことを忘れていたのに気づいたのである。アトリエの鍵を前もって手に入れておくのを忘れたのだった。書斎の本棚には、三つめの鍵を隠しておく必要がなくなった。おそらくそれは金次郎がどこかにしまったか、処分したかのいずれかに違いなかった。アトリエからではなく納戸の入口からでも、ぼくは地下室に入ることは出来る。しかし、そのためには台所の前を通らなければならない。台所にはいつも岩木がいるのだ。ぼくが地下室に入ったのは、すぐに岩木に判る。先廻りをしようが、母と金次郎のあとから入ろうが、前者ならば岩木が金次郎にそれを伝え、後者ならば、ぼくを制するだろう。ぼくは、母の告白で知ったもうひとつの鍵を使おうと考えた。何食わぬ顔で表に出、道具小屋のうしろの、太い山藤が巻きついているから松のところへ行った。鍵はなかった。そうか、母もまた鍵を隠す必要がなくなったのだなと思い至ったぼくは、焦りで目が血走ってくるのを感じた。思案に暮れて家に帰ると、母が不安そうな表情で、

「恭子さまがすぐにくるようにって。お前に用があるそうだよ」

と伝えた。

「どこへこいっていうんだよ」

「さあ、それだけ言って電話を切ったから……」

恭子は玄関先でぼくを待っていた。

「不起訴処分にしてもらったんですって?」

そう恭子は憎々しげに言い、唇の端を吊りあげて笑みを作った。ぼくは踵を返し、恭子の前から立ち去ろうとした。

「私、いまから警察に行くわ」

勝手にしろ。そう小さく呟いたぼくに、恭子はこう言ったのである。

「だから貧乏人は嫌いよ。その中でもよりによって一番下等な汚物みたいな一家を雇ったあげく、親身な情をかけてやったお父さまは、お人好しの上に馬鹿がつくわ」

その瞬間、ぼくにひとつだけ残された方法が思いつかなかったら……。いや、「もし」とか「たら」などという言葉は使うまい。ぼくは一縷《いちる》の望みを賭けて、恭子を挑発した。

「馬鹿はあんただよ」

「なんですって。その口のきき方は何よ」

ぼくは鼻で笑い、

「この別荘で、あんただけが知らないんだ。あんただけだよ。あんたの方が賢そうに見えるけど、志津さんの方があんたよりも百倍も賢くて、きれいな心をしてるんだ。志津さんはねェ、何年間も地下室で起こってたことを見てたんだ。それなのに、誰にも言わなかった。志津さんがどんなに哀しくて苦しかったか、あんたみたいな馬鹿娘には判りやしないさ。そんな志津さんを、あんたも金次郎の助平野郎も、結核菌が出てるからって、西軽井沢の病院に放り込んじまった。下等なのは、あんたさ。汚物はあんただよ」

「また地下室……。二回もおんなじ手を使えると思ってるの」

「嘘だと思うんなら、病院に電話をして、志津さんに訊いてみな。志津さんは地下室へ入るための合鍵を内緒で持ってるんだ。でも、志津さんは口が裂けても白状しないよ。金次郎の助平野郎も絶対隠しとおすさ。もしうまく志津さんから合鍵のある場所を聞き出せたら、この別荘で十七年間も何が起こってきたか、どうして奥さまは死んだのか、全部教えてあげるよ」

言っている途中から、ぼくはこの恭子も一緒に焼き殺してやろうと考えていた。口を半開きにして、恭子は青白んだ顔で茫然とぼくを見ていた。恭子の目がめまぐるしく動いた。彼女は突然玄関の扉をあけ、二階へ駆けのぼった。何か思い当たるふしがある様子だった。ぼくもそっと二階へあがった。恭子は、合鍵をあっけなくみつけだした。志津は病院に持って行かず、合鍵を、こわれた鳩時計の、歯車やゼンマイが組み込まれた部分に隠しておいたのである。ぼくは素早く恭子の手から合鍵を奪った。そして言った。片方の手で、ポケットの中のマッチ箱をつぶれるくらい握りしめながら。

「ついて来なよ」

アトリエの前に立ったとき、すさまじい雨足が西の方から迫ってきた。ぼくと恭子は地下室へ降りた。灯油を詰めた九本のワインの壜に視線を注いだまま、ぼくはワイン棚とコンクリート壁の間に坐った。

「見ろよ。あのベッドと花柄の羽根蒲団」

ぼくは無理矢理恭子を自分の横に坐らせた。莫蓙が元に戻される音が聞こえた。恭子は、はっとしたように地下室の出入口を見あげた。

「岩木だよ。あいつの、もうひとつの仕事さ」

「早く話してよ。ここで何が起こってたの？」

「もう判ったもおんなじだろう？」

「私、出るわ。こんなところに五分もいたくない」

ぼくは立ちあがり、階段をのぼって地下室の電灯を消した。そしてマッチをすり、元の場所に戻った。マッチの火を吹き消して、ぼくは手さぐりで灯油の詰まった壜の所在を確かめた。ひとかけらの光もない地下室で、ぼくは恭子の腕をつかんでいた。

「もうじき、あんたのお父さんと、俺のお袋が降りてくるよ」

「お願い。ねェ、ここから出して」

「金次郎とお袋が、地下室から出て行ったら、しばらくたって一緒に出よう。俺だって、こんなところに長くいたくないさ」

不思議なことに、地下室の戸があき、電灯が灯り、母と金次郎が降りてきたとき、いまにもぼくの全身の血管を破るのではないかと思えるくらいに乱打していた心臓が鎮まった。取って代わって、性の快感に似たものが、背筋や腰の周りでうごめいたのである。ぼくはべつに恭子が声を出してもかまわなかった。それを合図に、ぼくは壜のコルクを抜き、恭子の頭から灯油をかけ、二本目の灯油を金次郎の全身に振りまけばいい。逃げ場所は岩木がふさいでくれる。ぼくはマッチをすって、それを金次郎と恭子に投げつければいいのだった。しかし、恭子は息を殺して、自分の父とぼくの母とを、ワイン棚の隙間から見ていた。恐怖で金縛りになっていたのか、それとも事の成りゆきに多少興味を抱いたのか、ぼくには判らない。

母と金次郎は、ゆっくりと、ぼくたちが身をひそめている前を通り、ベッドに並んで腰を降ろした。

「お金は？」

と母が言った。

「美保に渡したよ。全額ね」

「それ、どういう意味？　きょう、私が受け取ることになってたのよ」

「美保は、ちゃんときみとも話がついてるって言ってた。だから渡したんだ」

「やっぱり、そうだったのね。私を捨てて、美保との関係はつづけようってわけなのね」

「そう言うだろうと思ったよ。でも、冷静に考えてみなさい。金は全部美保が取る。美保は時機を見て、自分の父親と弟に、金を分けるだろう。それでいいじゃないか。ぼくは、ほんとに、それでいいと思ってるよ。ぼくが、きみを捨てる筈はないだろう。そうするつもりなら、みすみす嘘だと判っていながら、美保に金を渡したりするもんか。ぼくとつながっている限り、きみに金は必要ないじゃないか」

ぼくは恭子の腕をつかんでいた手を離し、壜をそっと膝に載せた。汚物だって？　一番下等な一家だって？　その言葉は、そっくりそのままお前たちに返してやらァ。そのときのぼくは、あるいは微笑すら浮かべていたかもしれない。

「私は正式な奥さんにはなれないのよ。どんな保証で安心させてくれるの。お金しかないわよ。さんざん美保にいれあげといて、あの娘《こ》の魂胆が判ったら掌を返して、ぼくたちの愛情、ぼくたちの愛情って言いだす人に、安心して凭れたりしてられないわ」

「美保のことは、非を認めたじゃないか。どうかしてた。ぼくは狂ってた。思い出すと、ぞっとする。美保も狂ってた。狂ってたというふうに考えることにしてるんだ。

そうでないと、ぼくは身の毛がよだつ。だって、美保は地下室の中では蛇みたいだった。十四歳の固い体が、ぼくに絡みつくと蛇に変わる。天性のものだろう」

「でも、手を出したのは、結局あなたの方からじゃないの」

その次に母の口から出た言葉は、ぼくを慄然とさせ、ぼくの魂を粉々に割ったのである。

「まあいいわ。いまさらむし返したって仕方がない。あなたのおかげで、あの薄汚い男に、十四年間、指一本触れられないで済んだんだから」

(あの男)が、父であることを、ぼくは即座に理解出来なかった。一瞬、岩木かと勘ぐったほどだった。

「気味の悪い男だわ。私とあなたがこんな仲になったことは、三日で気づいたのよ。それなのに、何年も知らん振りしてた。男じゃないわ。ただ、私の体を抱こうとしなくなったのが、あの人の精一杯の自己主張だったのね。あの人に申し訳ないなんて思って、悩んだり泣いたりしたのが馬鹿みたい。美保は父親に似たのよ。あの人が一番の蛇だったわ」

ぼくは、壜を持って立ちあがろうとしたが、金次郎の言葉で、浮かしかけた腰を降ろした。

「あの人のことを悪く言うのは間違ってるよ。あの人は我慢したんだ。ぼくは最近、やっと判った。あの人の我慢がどんなにすさまじいものだったかをね。だからぼくは、何の覚え書も誓約書もない約束を果たしたんだ」

「お金のためよ。そうでなきゃあ、自分の娘をたきつけたりしないわ」

「いや、美保は自分の意志で、この地下室に降りてきたんだ。十四歳の少女がね」

「そんな馬鹿な。父親にそそのかされたのに決まってるわ」

「いや……」

と金次郎は首を振り、

「美保は、全部自分で考え、自分の意志で動いた。十四歳で……」

そう言ってうなだれた。ぼくはコルクの栓を抜いた。かすかに音がしたが、母も金次郎も気づかなかった。さらにもう一本の栓も抜いた。灯油の匂いに気づいたのは恭子だった。ぼくは立ちあがり、母に近づいていった。ぼくの殺したい人間は、母に変わったのだった。母は、ひっという声をたて、近づいてくるぼくを、まばたきひとつせず見つめた。ぼくは壜の口を母に向けて振り廻した。灯油は母の顔や頭髪にかかり、羽根蒲団の上に黒いしみを作った。灯油の匂いが地下室に拡がった。金次郎が何か叫び、ぼくの肩を押さえた。けれども、ぼくは金次郎が何を言ったか覚えていない。ぼくは、まるで水遊びをしている幼児のように、ひたすら母に灯油をあびせつづけた。空になった壜をコンクリートの壁に投げつけて割ると、腰が抜けたみたいに坐り込んでいる恭子の傍に走り、新しい壜を恭子の頭に打ち降ろした。壜が割れ、全身灯油だらけになった恭子が、がくんと首を落とした。ぼくは残りの壜を空にしていった。床にもまき、金次郎にもあびせた。いや、それは間違っているかもしれない。ぼくは金次郎には灯油を振りかけなかった。金次郎はぼくを停めようとして、自分から灯油をあびたとも言える。

「やめなさい。修平くん、やめなさい。私たちみたいな下劣な人間のために、自分の人生を棒に振ったりしちゃいけないよ」

金次郎は泣いていた。いったい何の涙だったのだろう。ぼくはポケットからマッチの箱を出した。

「やめねェか。修平、こっちへ来な」

父がうしろに立っていた。父の額には大粒の汗が光っていた。

父はぼくの体をうしろから抱いた。

「俺は、母ちゃんを殺すんだ」

ぼくは泣きながら言った。ぼくの手からマッチを取り、父は転がっている壜をすべて床に叩きつけて割った。そしてこう言ったのだ。

「出ろ。地下室から出て行くんだ。早くしねェか。岩木が莫蓙を載せたら出られなくなるぞ」

ぼくはあとずさりし、階段のところまで行った。

「灯油はこれで全部か？」

「判らねェ」

「どこに置いてある」

ぼくの指差した方向に、父は足をひきずらせて走った。まだ二本残っていた。父は一本を母めがけて投げつけた。それは母の肩をかすめ、壁に当たって灯油のしぶきを天井や金次郎や母に散らした。父はもう一本の壜を手に持ち、マッチをすった。そして、火を恭子の体に落とした。火炎が、母と金次郎を照らし、毛の焼ける匂いが、ぼくの鼻を刺した。

「いいか。父ちゃんが燃えてるって言うんだぞ。十分たったら、そう言って警察に電話するんだ。何があったって、おめェは、知らねェ、何にも知らねェで通すんだぞ。早く行け。何もかも、父ちゃんがやったんだ。美保にもそう言え」

階段を駆けのぼり、地下室の扉をあけたとき、母がベッドの下にもぐり込むのが見えた。ぼくは、納戸の中を追いつめられた鼠みたいに、ぐるぐる廻った。烏《からす》の鳴き声に似た音が、地下室の中で長く響いた。ぼくは十分も時を待っていられなかった。ぼくは、納戸の開き戸をあけ、台所に駆け込んだ。そして岩木にしがみついた。

「父ちゃんが死ぬ。父ちゃんが燃えてる。助けてくれよォ。岩木さん、地下室に、早く行ってくれよォ」

けれども、岩木が地下室の扉をあけたとき、父はひとつの松明《たいまつ》と化して、少しずつ崩れ落ちていくところであった。

「み、見ちゃいけねェ」

岩木はぼくの衿をつかみ、奇怪な叫び声をあげて地下室に降りて行こうとするぼくを応接間までひきずった。一一〇番のダイヤルを廻したのは岩木だった。

「ここにいるんだぜ。どこにも行くんじゃねェぜ」

岩木は台所に走り、バケツに水を汲んで、地下室に駆け降りたが、二分もたたないうちに、蒼白な顔でとぼとぼ応接間に引き返してくると、

「もう駄目だよ。手がつけられねェ……」

と言った。

焼死体の損傷が最も軽かったのは布施金次郎で、最もひどかったのは母であった。

警察の現場検証は夜遅くまでつづいた。ぼくは警官に付き添われて、二階の書斎に待機させられた。そのあいだ岩木は応接間で絹巻刑事の尋問を受けていた。絹巻刑事が書斎に入ってきたのは、事件が起こって三時間ほどあとである。雨だけでなく、風も強くなっていた。

「地下室があることは知ってたんだろ？」

絹巻刑事は訊いた。

「いいえ。きょう初めて知りました」

「アトリエの鍵は三つあった。そのうちの一つにはきみの指紋が付いてたよ」

「アトリエには、入ったことがありますから」

「なぜ」

「ときどき掃除をさせられたから」

「しかし、きみの指紋が付いてた鍵は、アルミの板をヤスリで削って作った合鍵だ」

「でも、掃除をするときは、あの鍵を渡されたんです」

「誰に」

「父ちゃんに」

絹巻刑事は地球儀を廻し、ひと区切りおいてから、

「それじゃあ、きみが見たことを順序だてて、詳しく話してもらおうか」

と言った。ぼくは、おそらく父がやったであろう行動を、自分にすり替えて説明した。

「引っ越しの準備をしてたんです。そしたら母ちゃんがいつのまにかいなくなりました。それから四十分ぐらいたって、父ちゃんも出て行きました」

父は直接台所の横から納戸に入ったのだろうか。それとも、アトリエから入ったのだろうか。それは重要な、死命を制する一点だった。二つに一つ。丁か半かだった。

「段ボール箱が足りなくなりそうだったんで、道具小屋に捜しに行きました」

「誰が」

「ぼくがです」

「それで？」

「父ちゃんがアトリエに入っていくのが見えました。ぼくはあと幾つくらい段ボール箱が要るのか訊こうと思って、アトリエへ行ったんです」

「鍵はあいてたの？」

「あいてました」

「きみは、お父さんのあとを追ってアトリエに入り、中から鍵をしめたの？　しめなかったの?」

　ぼくは窮地に立った。のるかそるかで、予定を変更したのは、ぼくの頭が良かったからではない。父の、ぼくを護ろうとする一念の強さの不思議な作用であったと思う。

「判りません」

「どうして」

「ぼくがアトリエに入ったとき、ちょうど父ちゃんがアトリエの壁を動かしてたんです。父ちゃんは、びっくりしたみたいでした。そのままぼくの傍に戻って、家に帰ってろって言いました。だけど、ぼくもびっくりしたんです。アトリエの壁が動くなんて知らなかったから……」

「きみは、なぜ家に帰らなかった」

「父ちゃんが震えてたからです。顔は真っ青だし、舌もちゃんと廻ってないみたいでした。父ちゃんは、しばらくアトリエの中を行ったり来たりして、ドアのところで立ち停まって何か考えてました。それで、急にぼくの手を引っ張って、ついてこいって言ったんです」

　ぼくは喋りながら、岩木が何回、薪の載った茣蓙を元に戻したかを考えた。実際は二回の筈だった。ぼくと恭子が入ったとき、それに母と金次郎が入ったときである。しかし、ぼくと父が一緒に地下室に入ったとしたらどうなるだろう。それでも二回なのだ。けれども、ひとつだけ違いが生じる。岩木は莫蓙を二回元に戻した。それなのに、ぼくはどうやって地下室から出てくることが出来たのか。岩木が二回目に莫蓙を戻したあと、誰かがもう一回、莫蓙を動かし、しかもそのままになっていなければならないのだ。ぼくは、恭子の燃えていく火炎を思い浮かべた。

「父ちゃんは、ワイン棚と壁とのあいだにぼくを引っ張り込んで、もうじき畜生が二匹降りてくるぜって言いました。ぼくは恐くなって、父ちゃんに、地下室から出ようって言いました」

「それから？」

「俺は、きょうの、このときのために生きてきたんだ。そう言って、てこでも動きませんでした。何分かたって、母ちゃんと旦那さまが降りてきたんです」

「何分かって、正確に何分ぐらいだと思う？」

「判りません。二十分くらいだった気もするし、四十分くらいだった気もします。ほんとに判りません。判らないんです。何が何だか。ただ、父ちゃんが燃えて死んでいく姿しか覚えてねェんだ。もうあとは覚えてないんです」

ぼくは泣きながら叫んだ。涙はとめどなく頬を伝った。尋問はいったん打ち切られた。ぼくは重要参考人として、警察署に移され、一夜を明かした。ぼくはその夜、何回も吐き気に襲われ、二回嘔吐した。絹巻刑事は、ぼくの衣服にも染み込んだ灯油のせいだと思ったのか、服を脱がしてくれ、薄い毛布を巻きつけてくれた。ぼくにとって幸運だったのは、コルクがみな燃えて、指紋採取が不可能だったことである。九つのコルクが全部燃えることなど有り得ない。ぼくは、父が、母と金次郎に火をつける前か、それとも自分が灯油をかぶり火をつける前かに、コルクを全部焼いたのだと信じている。さらに父は、地下室の電灯のスウィッチまで拭いていたのだった。なぜスウィッチから指紋が検出されないのか大きな疑問点となったが、ぼくの指紋が付いていないことの方が有利であった。

二回目の取り調べのとき、ぼくは、灯油の入ったワインの壜を取りあげようとしてもみ合ったと供述し、その途中で恭子が地下室に降りて来たと言った。西軽井沢の病院へおもむいた刑事から連絡があり、手製の合鍵は志津のものだが、それは六年前に、ぼくの父から貰ったのだとのことだった。そして志津は、いつかの夜、アトリエでぼくと話したことも述べ、修平さんは地下室の存在をまったく知らないようだったと述べた。ぼくがその志津の言葉を絹巻刑事から聞いたのは、事件がいちおう父ひとりの犯行と断定する以外ないとされたあとだった。父が志津に合鍵を与えた？　六年前に？　六年前と言えば、姉が十三歳のときではないか。ぼくは驚き、そして何も考えなくなった。

新聞で事件を知り、姉が警察にやってきた。姉の取り調べは三日間つづいた。その間、ぼくは一度も姉と逢わせてもらえなかった。ぼくと姉は、すでに司法解剖の終わった両親を火葬し、絹巻刑事に付き添われて、佐久市に近い小さな寺で密葬にふしたとき、顔を合わせた。つくつく法師の鳴き声が、ひどく弱々しく聞こえていたのを覚えている。寺の前で、ぼくと姉とは別れた。別れ際、姉は、警察の取り調べが済んだら、ここに電話をするようにと言って、二つに折ったメモ用紙をくれた。

姉と別れ、警察の車で軽井沢へ戻る途中、絹巻刑事は、皺だらけの、折り畳んだぶあつい紙を胸ポケットから出し、ぼくの膝の上で拡げた。それは、あの蛇やセミや蜘蛛やムカデがびっしり描き込まれた地図であった。

「きみは知ってたんだろう？　地下室も、地下室で何が起こってるかも。この絵はいったい何だい。地下室で十四年間も起こってたことそのものじゃないか。姉さんは白状したぜ。きみが何もかも知ってたことをね」

だが、ぼくは確信があった。それが絹巻刑事の罠であることを。姉もまたぼくを護りとおしてくれたことを。

「姉ちゃんが？　姉ちゃんも地下室のこと、知ってたんですか？」

「どこまでも芝居をする気かい。俺は逃がさないぜ。きみがあの事件とまったく無関係だったなんて、俺にはどうしても思えねェんだ。一枚も二枚も絡んでる。一枚や二枚どころじゃねェかもしれねェ」

「地下室で何が起こってたんですか。教えて下さい。姉ちゃんも関係あるんですか？」

「じゃあ、教えてやろう」

絹巻刑事の話は、すでにぼくの知っていることばかりだった。

「嘘だ。そんなの嘘だ。母ちゃんも姉ちゃんも、そんな汚ならしいことしねェよ」

「それなら、どうしてきみの親父さんは、てめえの女房と布施金次郎を焼き殺したんだよ。きみは俺に言ったよな。親父さんから聞いた言葉を。もうじき畜生が二匹降りてくるぜって言葉をだ」

「父ちゃんは頭がおかしくなってたんだ」

「しかし、言葉どおり、二人は地下室に降りてきたじゃねェか」

「母ちゃんは、無理矢理、旦那さまの言うこと聞いてたんだ。そうに決まってるよ。

母ちゃんは、そんな人間じゃねェ」

「長い勝負だぜ。俺は逃がさねェよ。ひょっとしたら、布施美貴子も、事故じゃなく、きみに殺されたのかもしれねェ。もう一度、徹底的に洗い直すさ」

ぼくが解放されたのは、それから二日後だった。絹巻刑事は、父名義の預金通帳と印鑑を差し出し、受け取り書に判を捺させた。三十六万二千円あった。久保美保が受け取るべき金だが、久保美保は弟に渡してほしいと言って受け取らなかったのだと絹巻刑事は説明してくれた。ぼくはそれを銀行でおろし、上野行きの列車に乗った。

あの列車の中で景色を見ていたときくらい、よるべない時はなかったと思う。そのよるべない心で、ぼくは父のことを考えていた。父はぼくを護ろうとしたのだろうか。護るつもりならば、なにもあえて火をつける必要はなかったのではあるまいかと。

上野駅の雑踏の中で、ぼくは姉に貰ったメモ用紙を長いこと見つめた。ひとりで生きていくことを考えた。ぼくは絹巻刑事の追及を恐れたのではない。ぼくと同居することによって、姉にまで嫌疑の目が迫るのを恐れたのでもない。母を殺そうとし、父にマッチをすらせたぼくは、それにまつわるすべての人間や風景から、遠く、果てしなく遠く、離れていきたかったのである。ぼくは、メモ用紙を丸め、上野駅の屑籠に捨てた。

12

ぼくが、それ以後何年も、絹巻刑事の恐るべき執念による心理的圧迫と幾つかの巧妙な罠から逃れ得たのは、じつに見事に何ひとつ物的証拠がないだけでなく、もはやぼくという人間そのものとしか言いようのない（底無しの虚無）のおかげだった。布施美貴子を殺害し、母と布施金次郎と恭子に大量の灯油を浴びせたぼくの中でうごめくありとあらゆる感情の元締めは虚無であったが、その虚無によって生きつづけられた事実こそ、人間というものを、さらには人間にとって何が最大の悪かをも示唆している。瞋恚《しんい》に満ち、我欲のるつぼでありながら、我かしこしと思っている愚者は、ついには（底無しの虚無）以外のいかなる酒にも酔えなくなっていくのだ。

確かに火をつけたのは父であった。しかし、自分の母を紅蓮《ぐれん》の炎で包んだのは、息子である十七歳のぼくに間違いはなかった。金次郎と恭子を焼き殺したのもぼくであった。結果として父は、ぼくの身代わりを果たしたことになる。地下室で、父にうしろからそっと抱きすくめられた感触を思い出すたびに、ぼくの父への疑惑は、うら寂しい愛情へと変わっていった。父はやはりぼくを護ってくれたのだ。そして、父をそのような行為に駆りたてたのもまた、父の中に巣食う虚無であったに違いない。父の虚無に決定的な活力を与えたのは、ぼくと貴子との早朝の逢瀬であったと思う。夫人を殺して十日もたっていない自分の息子が、森の小径で恋にひたっている。それを目にした瞬間、父の心に何が生じたのかを、いまぼくは理解出来るのである。父はあのとき、身の毛がよだったことだろう。恐ろしさに慄然としたことだろう。父は、まだわずかに残っていた希望の灯が、踏みにじられて消えていくのを、まざまざと見たのであろう。だからこそ、あの日を境に、父は何も喋らない人になったのである。

絹巻刑事と最後に逢ったのは六年前だった。そのときの絹巻刑事の、

「きみがやらなくても、あの日、あの地下室で、きみの親父は同じことをやっただろうよ」

という言葉は核心をついていたかもしれない。絹巻刑事は、六年前の秋に肝硬変で死んだ。彼は死ぬ三ヵ月前まで、ぼくにつきまとった。ぼくに自白させるために、絹巻刑事が考えた罠の、最も恐ろしい使者は岩木であった。

ぼくは、仕事をみつけるまで十日近くかかった。両親もなく身元保証人もない少年

を雇ってくれるところなどなく、ぼくは父の遺した三十六万円を少しでも減らさないようラーメンばかり食べ、夜は明け方まで営業しているスナックでうたたねをした。ぼくを雇ってくれたのは、新宿の小さなラーメン屋だった。出前持ちとして雇われ、調理場の横にある二畳ほどの物置をあてがってくれた。働き始めて四日目に、岩木が店に入ってきた。彼は、ぼくをゆすったのである。

「なあ、修ちゃん。俺は知ってたんだけど黙っておいてやったんだぜ。修ちゃんが何度も地下室に降りていくのをさァ」

ぼくは手が汗ばむのを感じたが、

「岩木さん、何言ってんだよ。俺は地下室のことなんか、あの日までぜんぜん知らなかったんだ」

と言った。

「美保ちゃんは、どうして急に司法書士の事務員を辞めて、軽井沢からいなくなったんだよ。俺は、相当な大金を金次郎から受け取ったと思ってんだ。俺が、十四年間も馬鹿になりきって、納戸の莫蓙を押したり引いたりしてたのは、あんたの姉ちゃんとおんなじ魂胆があったからさ。ところが、金次郎が死んじまって、俺が自分の店を持つという夢はパアになるどころか、この歳で職捜しをしなきゃならねェはめになっちまった。半分とは言わねェよ。せめて三分の一でいい、金次郎からせしめた金を俺に廻してくれないか。そうしないと、俺はあの絹巻刑事に何もかもばらしちまうぜ」

「何もかもって？」

「あんたが何日も前から、灯油を入れたワインの壜を地下室に隠しといたってことをさ」

「岩木さん、頭がおかしくなったんじゃないのかい？」

そのとき、ぼくは簡単なことに気づいた。ぼくはラーメン屋に住み込みで働きだして、まだ四日しかたっていない。広い東京で、岩木はどうやってぼくの居場所をみつけだせたのだろう。それが出来るのは警察しかないではないか。ぼくは、岩木のうしろに絹巻刑事がいるなと思った。

「もうやめてくれよ。どうでもいいよ。好きなように、あの刑事さんに喋ったらいいさ。俺は、どうなったっていいんだ。無理矢理俺を犯人にして、刑務所におくったらいい。だけど、俺はあの地下室のことは、ほんとに知らなかったんだ」

何があったって、おめェは、知らねェ、何にも知らねェで通すんだぞ。早く行け。何もかも父ちゃんがやったんだ。美保にもそう言え。父の言葉をぼくは胸の内で繰り返していた。岩木は、

「また来るよ」

そう言って店から出て行きかけ、戻ってくると、

「どうして、姉ちゃんのところに行かねェんだ？」

と不思議そうに訊いた。その質問は、絹巻刑事から与えられた作戦ではなく、岩木自身の素朴な疑問らしかった。

「俺、姉ちゃんに逢ったら、刑事さんが言ったことが本当なのかどうか問い詰めると思うんだ。もしほんとだったら、俺、気が狂っちまいそうな気がして……。だから、姉ちゃんには逢わないことに決めたんだよ」

ぼくは岩木の腕を引っ張って店から出、

「ねェ、教えてくれよ。ほんとに、姉ちゃんは旦那さまといやらしいことをしてたのかい？」

と訊いた。岩木は額の汗を拭き、じっとぼくを見つめていたが、何も言わずに去って行った。一週間後に、絹巻刑事が来て、店の主人にわざとらしく警察手帳を見せ、

「布施金次郎は、三つの銀行に架空名義の預金口座を持ってたんだけど、八月に入ってから、こきざみに金を降ろしてる。こきざみと言っても、合計すると大金だ。きみの姉さんは手切れ金として貰ったと供述したが、この金の降ろし方が、俺には気にい

らねェんだよ。金を払うことは前もっての約束だったのに、いやに慌てふためいた降ろし方なんだ。なぜだ。なぜ布施金次郎は、こんなに急いだ。死に急いだってわけか？」

と周りの客たちや主人に聞こえよがしに言った。そして、どうして姉さんのところに行かないのかと質問した。ぼくは、岩木に喋ったのと同じ理由を述べた。ぼくは、その翌日、ラーメン屋を馘になった。おそらく、絹巻刑事は、ぼくがやっとの思いで職についても、必ず警察手帳を振りかざしてあらわれ、働くことが出来ない状態に追い込み、どうしようもなくなって盗みでもはたらくのを待っていたのだと思う。そうすれば別件逮捕で、もう一度徹底的に取り調べることが可能なのだ。

行くところ行くところに、岩木と絹巻刑事がやって来た。ぼくは、東京を転々とし、横浜に移った。それもまた絹巻刑事の策略だったに違いないが、パチンコ屋の店員に雇われて数日後、満員の客に混じって、姉が玉を弾いていたのである。姉はぼくにつかのま視線を注ぐと、玉を受け皿に残したまま、店から出て行った。ぼくは姉のいたパチンコ台に近づいた。玉の下に小さな紙切れがあり、「トイレ」とだけ書いてあった。ぼくの働いているパチンコ屋の名を教えたのは絹巻刑事以外考えられなかったので、ぼくは紙切れを丸め、掌に握りしめたまま、わざと咳をし、口を手で押さえるふりをして紙切れを飲み込んだ。店内には、きっと絹巻刑事の命《めい》を受けた刑事がひそんでいる筈だったので、ぼくは閉店し、店内の掃除を済ませてからも、まだトイレには入らなかった。トイレの掃除は当番制になっていて、ぼくが閉店後、女性用トイレに入ったのは三日後である。水洗トイレの水槽の底に、ビニールに包まれ、ガムテープで厳重に巻かれた長方形の物体が沈んでいた。それはかなり重かった。ぼくは店員用の制服を急いでめくりあげ、ズボンと腹のあいだにビニール袋を挟んだ。姉は、浮かびあがらないよう、三百万円の札束の中に厚い鉄板を入れておいたのだ。札束は、油紙とビニールで何重にも包まれていた。ぼくは、店の近くにある寮のトイレで、包みを開き、電灯に透かして油紙に何か書かれていないかと懸命に捜したが、札束以外、姉は何も残していかなかったのである。

二日後、絹巻刑事が訪れ、数日前、姉さんが来たとき、玉の下に紙きれを置いたが、何が書いてあったのかと尋ねられた。

「住所と電話番号です」

「じゃあ、どうして飲み込んじまったんだよォ」

絹巻刑事は、ぼくの胸ぐらをつかみ、

「てめえら、小娘と小僧のくせしやがって、いつまでしらを切る気だよォ」

と怒鳴った。店員の何人かが、絹巻刑事を取り囲んだ。彼等の大半は、身元保証人もなく、でたらめの履歴書を形式的に書いて雇われた連中だった。中には前科者もいて、刑事や警察官に異常な憎しみを持っている者もいたのだった。ぼくが、それから五年間、パチンコ店で働きつづけることが出来たのは、彼等のおかげだった。

「おい、久保。このデカを人権侵害で訴えてやりな」

「何の証拠もねェのに、うろちょろつきまとうなよ」

とか口々にののしって、店員たちは絹巻刑事を店の外に追い出した。そんなやりとりが、五年間で二十回近くあったと思う。パチンコ店の店員たちも、軽井沢で起こった極めて猟奇的な事件を知っていたので、興味と同情とをぼくに対して抱いていたようだ。しかし、彼等は、事件について根掘り葉掘り尋ねたりはしなかった。

「道に唾や痰を吐いちゃいけねェ。立ち小便なんて、もってのほかだ。サツはそれだけでも、おめェをしょっぴけるんだ」

「二十歳を過ぎるまで、煙草も酒も飲むなよ。女を買うのもやめた方がいい。どうせ捜査本部は解散しちまって、あの絹巻ってデカひとりが追い廻してるに決まってるんだ。だけど、別件逮捕のネタになることだけは、やらないでおくんだよ」

そんな忠告をそっと耳打ちしてくれる者もいた。そのうち、岩木はぷっつりとぼくの前にあらわれなくなり、絹巻刑事が訪れるのも一年に二度か三度に減った。ぼくは騒然としたパチンコ店の中でこまめに働きながら、一日とて姉の姿を捜さない日はなかった。姉は、約束の金を受け取ると、どうしてその日のうちに軽井沢から離れたのであろう。そのことを不審に思うたびに、ぼくの心には、あの法外な懸賞金のかかったジョゼットというペルシャ猫の目が浮かび出るのだった。すると、全裸になって金次郎にしなだれかかる十四歳の姉の姿が、まるではっきりと見たもののように動きだすのである。父が、姉を地下室に降ろしたりするものか。姉のいかなる心がそうさせたのかは判らないが、姉は自分の意志で、そのまだ固い肉体を金次郎に開いたのだ。ぼくはそう確信している。あの得体の知れない青年に、ジョゼットという名のペルシャ猫がついていったのと同じ法則で。ぼくは、パチンコ台の受け皿に紙切れを残して足早に去った姉と、それきり一度も逢っていない。

　ぼくは、幼いころの母の愛撫と、地下室でぼくに灯油を浴びせられていた母のひきつった顔を交互に思い浮かべた。胸から上を炎と化して崩れ落ちていく父の姿を忘れることは出来なかった。その母と父の、そして姉の、布施家の別荘における十七年間について考えるうちに、ぼくはなぜかこの宇宙の中で、善なるもの、幸福へと誘《いざな》う磁力と、悪なるもの、不幸へと誘う磁力とが、調和を保って律動し、かつ烈しく拮抗している現象を想像するようになった。調和を保ちながら、なお拮抗し合う二つの磁力の根源である途方もなく巨大なリズムを、ぼくはぼくたち一家の足跡によって、人間ひとりひとりの中に垣間見たのだが、不思議なことに、そのとき初めて、真の罪の意識と、それをあがなおうとする懺悔心が首をもたげたのだった。百万人の飢える子供たちにパンを与えることなどで、ぼくの罪はひとかけらも消えはしない。百万人の末期《まつご》の人を、身を捧げて看護することなどでも、消えはしない。いつか、ぼくの皮膚は溶け、内臓は腐り、精神は狂うだろう。人間の作った法ではなく、ぼく自身を成している法が、必ずぼくを裁くだろう。その予感は、絹巻刑事の追及よりも何千倍も恐ろしかった。

ぼくが、横浜のパチンコ店から佐久市の本屋に移るまでの過程を長々と語ることはやめよう。ぼくは熱海、静岡、豊橋、甲府と転々と移り、職を変えた。そして自分でも気づかないまま、軽井沢の近くへと戻っていた。事件から八年後、つまり七年前、松本市の自動車修理工場に勤め始めたころ、いったんなりをひそめていた絹巻刑事が、再びひんぱんに訪れるようになった。彼の頭髪には白いものが目立ち、肌は荒れて皺深くなっていた。彼はいつもぼくが作った例の地図を持っていた。

「これが何だか、やっと判ったよ」

ある日、絹巻刑事は、仕事を終えたぼくを喫茶店に誘うと、そう言った。

「これは、地図だよ。蛇は道で、ムカデは川だ。蜘蛛は別荘で、セミは、たぶん池だろう。×印はいったい何だよ」

「昆虫の巣だとか、蛍の卵が産みつけられてるところだとか、そんな場所の印です」

とぼくは答えた。正直に認めたのは、ぼくがその地図に、地下室を意味する生き物を描いておかなかったからである。

「どうして、こんな物を作ったんだい」

「べつに理由なんかありません。中学生のとき、遊び半分に描き始めたら、いつのまにかこんなに大きくなってたんです」

ぼくはふと思いついて、絹巻刑事に訊いた。

「姉ちゃんは、いまも東京にいるんですか?」

「日本にはいねェよ」

ぼくは驚いて絹巻刑事を見つめた。

「去年の十一月十二日にパリ行きの飛行機に乗ったことは判ってるけど、きみの姉さんには完璧なアリバイがある。あの小娘も、どうせ陰で糸を引いてたんだろうけど、きみが何もかもを正直に話したら、それは自然に判ることとさ」

それから絹巻刑事は表情をやわらげ、

「考えれば考えるほど、きみたち一家は可哀相だったよな。俺はもういやになってきた。きみを追い廻すことじゃなくて……」

そう言ってから、しばらく口ごもり、

「人間てやつに、いやけがさしてきやがる」

と呟いた。おそらくそれが絹巻刑事の最後の切り札であっただろう。彼は、それまで一度もぼくに言わなかった事実を明かしたのである。彼は、司法解剖の結果をまとめた報告書のコピーをテーブルに置き、ある部分を指差した。

「きみのお母さんは妊娠してたんだ。腹の中の子は四ヵ月で男だった。きみのお母さんが、夫や布施金次郎以外の男と情交があったという事実はない。このことは徹底的に調べたが、なかった。子供の血液型はA型だ。お母さんはB型で、布施金次郎もB型なんだ。B型どうしの男と女のあいだには、絶対にA型の血液を持った子は出来ないんだよ。もしお母さんが生きてたら、きみは翌年の春あたりに、種違いでもなければ、勿論腹違いでもねェ正真正銘の弟をあやしてただろうよ」

ぼくは、茫然と絹巻刑事を見つめた。

「どうして、いままで教えてくれなかったんですか」

ぼくの声は心なしか震えていた。絹巻刑事はそれには答えず、

「きみは、自分の母親だけじゃなく、生まれてくる筈の自分の弟まで殺したんだぜ。それでもしらをきる気かよ。それでもしらをきれるようなやつは、もう人間じゃねエ。えっ、そう思わないか」

ぼくは泣いた。どんなにこらえても、涙はとまらなかった。それは報告書のコピーの上に、音をたててしたたり落ちた。ぼくは泣きながら、一語一語声をふりしぼって、こう言ったのだ。

「父ちゃんは、自分の息子も一緒に、焼き殺したんですね」

絹巻刑事は充血した目を、ぼくの顔から長いこと離さなかった。彼はゆっくりと煙草を吸い、喫茶店から出て行った。

ぼくが、それまで決して手をつけなかった三百万円の札束の封を切ったのは、翌日の夜である。ぼくは酒を飲み、生まれて初めて、女を買った。勤めを無断で休むことが多くなり、修理工場を馘になった。ぼくは姉から貰った三百万円を使い切るまで遊んで暮した。小さなアパートを借りるだけの金を残して、佐久市の本屋に就職したのは六年前である。そしてその年、絹巻刑事が死んだのだ。ぼくはそのことを、絹巻刑事の若い部下から聞かされた。若い刑事は、一枚のぶあつい封筒をぼくに手渡し、

「絹巻さんが、きみに返しといてくれって言ったから返すけど、俺は絹巻刑事の勘を信じてるよ」

と言った。封筒の中には、色とりどりの蛇やムカデが並ぶ地図が入っていた。

数日後、ぼくは西軽井沢の病院へおもむいた。ぼくは、父がなぜ志津にアトリエの合鍵を与えたのか、それだけは知りたかったのである。けれども、志津は、事件から三年後に亡くなっていた。

病院を出て、ぼくは岩村田への道を歩いて帰りながら、死のうと思った。だが生きたのは、きっとぼく自身の中にある宇宙と同じリズムのはからいだったろう。それを垣間見たぼくの懺悔の心が、ぼくを死なせてはくれなかったのだろう。ぼくは、死にたかったし、生きたかった。

ぼくがことしの四月に、スナックで、県会議員の馬鹿息子にケンカを売ったのは、その死にたいという思いと、生きたいという思いとの、どちらも嘘ではない心による計略からだった。あと四ヵ月で、事件から十五年が過ぎる。殺人の時効は十五年だから、あと四ヵ月を耐え忍べば、法的には罪を問われない身となるのだ。あと四ヵ月……。絹巻刑事の遺志を継いだ若い刑事は、死に物狂いで、ぼくを追い詰めるだろう。母のお腹に父の子がいたことを知り、志津が西軽井沢の病院で寂しく息を引き取ったのを知ったぼくは、ほんの小さな針のひと突きで、何もかもを吐き出してしまいかねない状態にあった。

あの夜、ぼくは幾ら飲んでも酔わなかった。県会議員の息子は、カウンターに坐って、高校時代の思い出話を始めた。ボクシング部に入って、バンタム級の県大会で三位に入賞したことを自慢そうに喋った。クロス・カウンターはこう打つとか、最も効果的なジャブの打ち方とかを、わざわざ立ちあがって仲間やホステスに教えた。ぼくは聞こえよがしに、

「嘘ばっかり言ってやがら」

と呟いた。

「お前、いま何て言ったんだよォ」

「ボディの打ち方を見たら判るんだよ。ボクシングなんかやったこともないくせに、大きな口たたくなって」

「嘘じゃないのよ。私、彼とおんなじ高校だったから知ってるわ」

ホステスが、怯えた顔でぼくに言った。

「じゃあ、俺の腹を殴ってみろよ」

ぼくは、彼の前に両手をだらりと下げて立った。もし、死ぬはめになっても、それ

はそれでいいではないかというぎりぎりの打算が、ぼくに人間の諦観《ていかん》の本質を教えたように思う。

「こいつ酔っぱらってんだから、気にするなって」

仲間が仲裁に入った。

「ボディだぜ。やれよ。汚職議員の馬鹿息子」

「この野郎……」

ぼくはみぞおちを殴られた瞬間、少し腹筋に力を込めた気がする。意識を取り戻したとき、ぼくは予想以上の大怪我をしたことを知ったが、心ではほくそ笑んでいた。刑事が病院にやって来たら、ぼくは痛みを訴えて医者に助けを求めればいいのだ。しかし、若い刑事は顔を見せなかった。傷害事件に関する事情聴取が、佐久の署員によって簡単に行なわれただけだった。そして、きのうの夜の十二時に、ぼくはついに逃げおおせたのである。ぼくには、新しい人生が始まった。ぼくは、生きようと思う。けれども、ぼくが本当に生きるのは、自らの内部に存在する法による呵責《かしやく》が、肉体と精神を溶かし腐らし始めたときなのだ。ぼくはその時の到来を、多少の不安と大いなる歓びをもって待ち受けるだろう。おそらく、ぼくを呵責する見えざる法だけが、同時にぼくの罪を消す慈愛に満ちた法でもあるに違いない。ぼくにはそんな気がしてならないのだ。

ぼくは入院中、何度も、軽井沢の四季の夢を見た。灯油を浴びていたときの母や、燃えていく父は、夢の中に一度もあらわれなかった。雪のトンネルが光りながらつづく冬の道。卵を腹一杯に詰め込んだカゲロウや、それを狙う魚が飛びはねる春の川。山百合やコスモスをかすませる靄《もや》がたゆとう夏の森。落葉を黄金色に輝かせる秋の朝日。それ以外の光景は、ぼくは何ひとつ見なかった。

姉のことは、もう殆ど思い出すこともなくなった。姉は、金には困ってはいないだろう。どこかで毅然と、不幸な人生を歩んでいるに違いない。

ぼくがしょっちゅう思い出すのは、貴子のことだ。貴子は、裕福な家庭の主婦となり、家事と子育てに忙しいことだろう。疲れた夫の心身を癒《いや》す愛らしい賢い妻であることだろう。ぼくは、貴子が何かしたひょうしに、青春の心ときめくひとこまとして、ぼくのことをふと思い浮かべてくれるのを本心から望み、哀しい忌しい出来事としてきれいさっぱり忘れ、夢にも思い出したりしないことを本気で願う。ときおりぼくは、十五年前の、雨の降る森の奥の、巨木が何本も絡んでねじれ合っていたあの場所をうっとりと思い描くのだが、そこには人の姿はなく、枝や木の葉から伝う雨のしずくだけが、落葉を打っている。

解説

（ドイツ文学者・エッセイスト）池内　紀

はじめにちいさな導入がついている。つまりプロローグ。オペラでいえば序曲である。開幕に先だって雰囲気をもりあげる。期待をさそいかける。ともにドラマの成りゆきをそれとなく暗示する。

「出発しようとしたとき雨が降って来た」

そんな書き出し。プロローグを覚えておくと損をしない。エピローグがなおのことたのしめる。

医師一家が軽井沢へ出かけるところ。べつに別荘族ではなくて「貸し別荘を安く貸してもらった」くちである。出発まぎわに急な患者が入って、病院に立ちもどるはめになった。手術をすませたあとホトケごころを起こしたばかりに、へんな入院患者にひっかかる。

「すでに両親と死別し、農家の二階に間借りして本屋で働いている久保修平が……」

四ヵ月の入院生活中ほとんど口をきかず、精神科へ廻す必要がささやかれていた。その男が自分から話しかけてきた。医師一家の出発のもようを窓からじっと見ていたらしい。

「あのペルシャ猫、奥さんが好きなんですか？」

医師の妻が猫を抱いていたことまで知っている。

「きょうは八月十八日ですね。きのうは八月十七日でしたよね。間違いないですよね」

いやに日付にこだわる。それからポツリといった。「俺、軽井沢で生まれて育ったんです」

そんなひとことをきっかけに身の上話をはじめ、医師はこころならずも聞き役になった。相手が話し終えたのは消灯時間の九時を過ぎ、十時になろうとするころ合いだった。はじめのうちは医師として聞いていたという。精神科に廻すかどうかの判断を兼ねてだろう。

「……やがてひとりの人間として、久保修平の嘘か誠か判別しかねる、告白でもなく懺悔でもなく、ある種の郷愁に包まれた回想でもない、不思議なひと夏の出来事に、時を忘れ空腹さえも感じず、一心に耳を傾けた」

このくだりも覚えておいて損はしないだろう。わが身にてらして思い当たることになるからだ。「時を忘れ空腹さえも感じず」読みすすめていたからだ。

むろん重要なのは「嘘か誠か判別しかねる」の一行である。ドラマの成りゆきをそれとなく暗示する役まわり。

小説の構成は明快である。所は軽井沢、時は夏、二つの家族をめぐっていく。一方は別荘の持ち主、当主と妻と娘二人。もう一方は別荘番の一家で父と母と娘と息子。ともに四人家族。この息子、久保修平が全体の語り手。経過のおおかたは彼が十代のときの出来事。

おのずといろいろ気がつくことがあるだろう。少年から青年になりかかった人物のひとり語りなのだ。この齢ごろは冷静、客観からもっとも遠い。いたって自己中心的で、批判されると個人的な中傷と受けとってカッとなる。まわりを軽蔑していて、平気で嘘をつくし、ときには自分の嘘っぱちでまわりが右往左往するのをたのしんでいるふぜいがある。華やかさにあこがれながら、当人は陰気で、自分には何であれ、たとえ悪とされるものでも許されていると考えたがる。

しかもこの久保修平は、しがない別荘番の息子であって、幼いときから屈辱と卑下と憎悪を身にしみて学んできた。「軽井沢で生まれて育った」ばかりに別荘族の生態、その虚飾と虚栄をいやというほど知っている。とすると平気で嘘をつくだけでなく、好んで嘘をつくりたがるのではあるまいか。

生粋の小説家宮本輝がこういった人物を語り手にした理由がおわかりだろうか。物語がストーリィーを超えてふくらんでいく。とりたてて趣向をこらさなくても、語り手自体の特性から、また小説というスタイルの特性からも、自然にそうなる。語られるところが語られるはなから独自の陰影をおびていく。まったく生粋の小説家でなくてはマネのできない芸当である。

二章目にへんてこな地図が出てきた。昆虫好きの久保修平が中学のときから作っていたというカブト虫の幼虫とか源氏蛍の卵のありかを、色鉛筆を使いわけて描いたもの。そのうち別荘と別荘のあいだの近道とか隠れ道に気がついて、つけ加えた。だんだん紙をたしていって、とうとう「畳二枚分の大きさ」になった。

「ぼくは自分が発見した他の別荘とか池とか橋とかへの近道を、一匹の蛇で表現した」

できた上がった地図には、いたるところに蛇がもつれ合っている。実際の池や川や商店は蜘蛛やムカデやセミやテントウ虫などであらわした。畳二枚分ほどの奇妙な「イキモノ図譜」ができたわけだ。

これもまた生粋の小説家の思いつきそうな着想である。このイキモノ図譜がそっくりストーリィーに生かされていることにお気づきだろう。四人家族が二つで計八人。さらに料理人、刑事その他がまじりこんで複雑にもつれ合う。主人公は地図を作った理由として、「いたずら心が半分」、それと自分の中を巡り始めた「性的欲望による一種自閉的歓び」をあげているが、小説のモチーフを要約したような個所なのだ。

『避暑地の猫』が発表された昭和五十八年（一九八三）は、そろそろバブル景気が兆しをみせはじめたころだった。新興成金が軽井沢にも進出してくる。導入部の医師一家のような貸し別荘組のほか、実直な市民クラスからも「念願かなって軽井沢に別荘」人種があらわれた。ただし小説の舞台のような敷地三千四百坪ではなく、その十分の一にも足りない。それも中軽井沢とか北軽井沢とか、アタマに一字がつくところ。つい先だってまでの地名が不動産屋的思惑から、大いそぎで軽井沢に仲間入りをした。

小説の舞台とするにあたり、作者には「いたずら心」が半分ばかりあったのではなかろうか。念願かなった市民クラスに、別荘の持ち主というよりも別荘番の現状をそれとなく知らせる役まわり。

しかし、むろん書きたかったのは、あとの半分である。せっせとへんてこなイキモノ図譜をつくり、「性的欲望による一種自閉的歓び」を味わっている少年、あるいは青年。

小説が出てほぼ四半世紀。十分の一・別荘クラスがまさしく別荘番に落ち着いたのはご愛嬌として、バブル景気以後、とりわけ当今、瀕発する犯罪が示している。その多くが「性的欲望による一種自閉的歓び」にイロどられ、しばしば独特の「イキモノ図譜」をともなっている。その嗜虐性から表沙汰にならないだけで、週刊誌などにおりにつけ洩れてくる。

「……そこには人の姿はなく、枝や木の葉から伝う雨のしずくだけが、落葉を打っている」

雨ではじまった小説のあざやかなエピローグ。雨音とともに、ひそかな時代の音が聞こえてくる。

本書は、一九八八年三月に講談社文庫より刊行された
『避暑地の猫』を改訂し文字を大きくしたものです。

|著者| 宮本 輝 1947年兵庫県神戸市生まれ。追手門学院大学文学部卒。'77年『泥の河』で太宰治賞、'78年『螢川』で芥川賞、'87年『優駿』で吉川英治文学賞をそれぞれ受賞。'95年の阪神淡路大震災で自宅が倒壊。2004年『約束の冬』で芸術選奨文部科学大臣賞、'09年『骸骨ビルの庭』で司馬遼太郎賞をそれぞれ受賞。著書に『道頓堀川』『錦繍』『青が散る』『ドナウの旅人』『焚火の終わり』『ひとたびはポプラに臥す』『草原の椅子』『睡蓮の長いまどろみ』『星宿海への道』『にぎやかな天地』『三千枚の金貨』『三十光年の星たち』『宮本輝全短篇』(全2巻) など。ライフワークとして「流転の海」シリーズがある。近刊に『真夜中の手紙』『水のかたち』『満月の道』『長流の畔』。

新装版《しんそうばん》 避暑地《ひしよち》の猫《ねこ》

宮本《みやもと》 輝《てる》

2007年7月13日第1刷発行
2017年11月1日第7刷発行

発行者――鈴木 哲
発行所――株式会社 講談社
東京都文京区音羽2-12-21 〒112-8001
電話 出版 (03) 5395-3510
販売 (03) 5395-5817
業務 (03) 5395-3615

Printed in Japan

講談社文庫
定価はカバーに表示してあります

デザイン―菊地信義
本文データ制作―講談社デジタル製作
印刷―――慶昌堂印刷株式会社
製本―――株式会社国宝社

ISBN978-4-06-275795-9

講談社文庫刊行の辞

二十一世紀の到来を目睫に望みながら、われわれはいま、人類史上かつて例を見ない巨大な転換期をむかえようとしている。

世界も、日本も、激動の予兆に対する期待とおののきを内に蔵して、未知の時代に歩み入ろうとしている。このときにあたり、創業の人野間清治の「ナショナル・エデュケイター」への志を現代に甦らせようと意図して、われわれはここに古今の文芸作品はいうまでもなく、ひろく人文・社会・自然の諸科学から東西の名著を網羅する、新しい綜合文庫の発刊を決意した。

激動の転換期はまた断絶の時代である。われわれは戦後二十五年間の出版文化のありかたへの深い反省をこめて、この断絶の時代にあえて人間的な持続を求めようとする。いたずらに浮薄な商業主義のあだ花を追い求めることなく、長期にわたって良書に生命をあたえようとつとめるところにしか、今後の出版文化の真の繁栄はあり得ないと信じるからである。

同時にわれわれはこの綜合文庫の刊行を通じて、人文・社会・自然の諸科学が、結局人間の学にほかならないことを立証しようと願っている。かつて知識とは、「汝自身を知る」ことにつきていた。現代社会の瑣末な情報の氾濫のなかから、力強い知識の源泉を掘り起し、技術文明のただなかに、生きた人間の姿を復活させること。それこそわれわれの切なる希求である。

われわれは権威に盲従せず、俗流に媚びることなく、渾然一体となって日本の「草の根」をかたちづくる若く新しい世代の人々に、心をこめてこの新しい綜合文庫をおくり届けたい。それは知識の泉であるとともに感受性のふるさとであり、もっとも有機的に組織され、社会に開かれた万人のための大学をめざしている。大方の支援と協力を衷心より切望してやまない。

一九七一年七月

野間省一

2017年10月15日現在